別走，貓神探

阿谷 著

別走，貓神探
作者／阿谷
策劃編輯／賴百樂
協力編輯／羅詠恩
美術設計／陳詩韻
出版發行／突破出版社
香港沙田亞公角山路 33 號突破青年村
電話：2632 0000　傳真：2632 0388
電郵：breakthrough@breakthrough.org.hk
網址：http://www.breakthrough.org.hk
http://www.btproduct.com
承印／陽光（彩美）印刷有限公司
2020 年 10 月初版 1 刷

Inspector Cat
by A Gu
First Printing, First Edition, October 2020

Printed in Hong Kong
ISBN 978-988-8562-35-0

誠邀閣下就突破出版社的書籍發表意見
歡迎加入突破書籍 Facebook page — http://www.facebook.com/btbooks.page
本書採用環保油墨印刷

成長文學

目錄

幕後

一個狡猾的人，一名剛剛破產的股票經紀，一名慣犯，一個媽媽患了重病的男子，還有一名推理小說迷，都同時收到一段信息，說他們中獎了，是幸運兒。

中獎的原因竟然都不同。為何各有不同，不詳細表述了。獎品倒是一樣：三日兩夜濟州島旅遊。

五人二話不說，收拾行裝起程。

不怕中招嗎？不怕。

理由很簡單——沒有更倒楣的了；另外一個認為沒得輸啦；至於推理小說迷就想，中獎太可疑，是圈套，是推理小說不可以錯過的橋段，一定要查個究竟。

大家按指示前往位於中環某廣場的高級辦公室，拿到了套票，包括酒店食宿和機票，各人依時起程。到目前為止，沒有疑點。

下了飛機，酒店穿梭巴士來接的時候，才知道，中獎有五個人呢。經過四十五分鐘車程，抵達指定酒店，令人炫目的酒店美得不像話。連推理小說迷也想，就算是一個局，我也不要退出，其他人更不必說了。

一個堆滿笑容的年輕人走出來歡迎，講不太純正的廣東話，說自己也是香港人，姓何。西裝筆挺的他，還外掛一件很誇張的絨毛大衣。他是項目經理，代表項目的機構歡迎他們，又恭喜大家得到這麼豐富的獎品。未來的行程，其實是自由活動，在酒店免費享用所有設施，以及早午晚三餐，按時段入座，不必五人同行。

有人問，為什麼中獎的原因都不同。

年輕經理回答：「這個我倒不知道，我只負責招待。」

又有人問：「沒有附帶條件？」

經理笑了，說：「唯一的一個，就是最後一晚，會有 farewell party，大家一定要出席。」

他又告訴各人自己的房號，讓五人隨時聯絡。

各人拿到鎖匙去到自己的房間。

房間嘛！嘩……真是無話可說！到目前為止，沒有半點可疑。

五人偶爾會在按摩室、餐廳等地方碰見，都是點頭會意算了，沒有誰刻意攀談。反正都是陌生人，大家都明理地享受難得的安靜獨處。經理露過一次半次面後，也再沒有來打擾。

美妙的時光過得特別快，三日兩夜走到了尾聲。

最後的一天，各人吃過早餐回到房間，收到一張邀請卡。

「就是經理說的 farewell party！」各人心想。

有點不捨呢！

就在這一刻，推理小說迷的疑心才稍微重新浮現。

晚飯設在一間獨立屋，韓式宴會廳。

六個人，首次坐在一起！

幸好飯桌豐富，又有好酒佐料，增加不少話題。更重要的是，經理原來是大嘴巴厚面皮的年輕人，滔滔不絕。

「阿姨，你年輕嘅時候一定是大美人，我早出世十年，一定追求你。」

「房間的東西你拿了不少吧？別客氣，這個機會難得……我講笑咋！」

「小妹妹，你一定係逃學，不過我唔會報警嘅。」

終於，被他説偷東西的人不耐煩了，就説他喝醉酒。

經理擺擺手：「冇飲醉冇飲醉。」

「飲醉酒嘅人一定話自己冇飲醉。」另一個人幫腔。

「如果咁講，你哋有冇醉？」

回應醉又不是，不醉又不是——

這個經理到底真醉定假醉？

五人有點納悶。

沉默一會。經理説：「不如大家來證明一下。」

「點證明？行直線？」

「唔係唔係，咁樣證明唔到。」

「點先證明到？快説吧。」有人想回房享受最後的一晚。

經理拍拍大腿説：「講故事最好，要有層次，要動人，講自己親身的經歷，做唔到，就係飲醉。」

——哦！

只見各人目光骨碌碌的閃爍，就知道各人的腦袋快速轉動；誰沒有一籮筐的故事？至於孰真孰假，由聽故事的人來判斷好了。

狡猾人率先舉手：「我沒喝醉，我先説為敬。」

故事有點無聊，説的人又沉悶。聽眾反而高興，狡猾人開了個頭，其他人就有勇氣，陸續表演講故事的能耐，要勝過狡猾人不難吧！

最後，剩下未講故事的，只有年輕經理了。

他清一清喉嚨，獨自鼓掌，首先稱讚各人的故事，續道：「我馬上可以證明，我沒有喝醉；我聽得出，所有的故事都不是親身經歷。」

「……」

「你們不用辯駁。而我即將要講的，卻是親歷其境，而且首次披露。是我一生人……」

「你一生人？」有人挑剔。

「當然，我還有很長的路要走，不過，我敢打賭，不會再遇見這麼一件奇怪的事情，實在太不可思議，不吐不快——為什麼一直不說？你們耐心聽下去，自會領悟箇中原因……」

有人催促他，夜深了。

年輕經理請對方稍安毋躁，繼續他被打斷的話。

「你們可能不相信，其實我是港漂，在內地讀完小學，媽媽着我去香港投靠舅父。」

——怎會不相信，你的粵語那麼爛！

「舅父經營一家護養院，老人院總部在上海，詳情不説了，不是重點。總之是有一天，一隊人，浩浩蕩蕩的，來到護養院，只見舅父領着同事必恭必敬的招呼。舅父對大家簇擁着的中間一位女士，更是奉迎的堆出笑容。

「出於好奇，我稍微瞄那位女士一眼，更加疑惑，這位顯然是大人物的中年女士，除了長相較為標緻，有點不怒而威之外，也不算突出，打扮更談不上氣派。

「一隊人走了後，我打聽到，原來她是大慈善家呢，長期贊助護養院。不過，接下來的幾天，那位女士的容貌卻在我腦海不斷浮現，揮之不去。你道為什麼？原來，她好生面善！而終於給我想起來了，是我兒時一位舊相識！

「正確地說，是我堂家姐的好朋友，手帕交的密友。大概二十多年前，當時堂姐二十出頭，那位慈善家呢，十六、七歲。她們二人經常出雙入對。話閘子一開，停也停不了。

「為什麼認得？她左邊眉梢有一顆很明顯的痣。

「叫什麼名字？這個我倒不想說。就派一個名字給她，管她做：冰姐吧。」

「不是吧，台灣還是大陸？」有人黠笑。

「香港，我說的，不要再打斷他。」五人中的一個微慍道。

「相比起堂家姐，冰姐更親和，所以每趟她上我家，我就跟着她的屁股轉。她凡事向我堂姐報告，所以冰姐的際遇，我都一清二楚。

「一天，她告訴堂姐，她戀愛了，對方是一位有勢力的富家子弟，年紀比冰姐大了一截，剛失婚。堂姐嚇了一跳，這樣的背景，為什麼？堂姐着冰姐快點跳出來。

「可是，那個年紀的女孩，一頭栽進去就回不了頭，誰的勸告都聽不進去。幸好她倒沒有和堂姐疏遠，依舊凡事報告。

「不同的是，自此以後，她們都是在房間説悄悄話，把我撇出去。我只能在門外偷聽，細細碎碎的也就失去興趣，只知道堂姐經常皺眉，而冰姐間歇哭泣，而且次數愈來愈頻密。

「一天，也就是我見到冰姐最後一次，她二人在房間談了很久，之後，我聽到冰姐大哭，哭得肝腸寸斷。

「翌日，只見堂姐掛了一通電話，只知對方是男聲，之後堂姐出門去了。自此之後，我再沒有見過冰姐，直到在護老院。」

「老掉牙的愛情故事。」有人開始不耐煩了。

年輕經理一笑，不以為意。

「真正的拍案驚奇還未開始。」經理一頓，說：「當時我還是小孩一名，什麼都不懂，連問問題都不懂。今番再見，當年的疑竇馬上成了極大的問號，驅使我打電話給堂姐，她已隨堂姐夫移居美國。

「她聽到我提起往事，嚇了一跳。

『你真的瞧見她，沒有看錯？』她當即問。我說沒有。『果然，奇蹟真的發生，太神奇了。』我再追問，究竟是什麼一回事時，堂姐卻叫我稍等，讓她再查證一下，然後會全盤告知。」

「如何查證，又查證什麼？」有人心急問。

立刻給人叫閉嘴。顯然，故事來到骨節眼了，不想給人一而再打岔。

「過了一個星期，堂姐的回覆來了。」年輕經理說，「為了讓情節更緊湊，關於調查的部分刪除掉，直接剪接回到二十年前。

「還記得我說過，堂姐和一名男士通電話，然後外出；原來堂姐代表冰姐，約她的男朋友談判。男朋友礙於家族壓力，已經打算放棄冰姐，揀了政治婚姻。

「臨出發前，堂姐問冰姐，到底她的底線是什麼，冰姐首次承認，戀愛固然重要，但另外一個目的，是希望脱貧。」

「哦，始終貪財。」有人說。

「誰不貪財，你唔買六合彩？」另一個說。

經理笑說：「我期期都買……言歸正傳，冰姐眼見很多有背景的朋友都『率先富起來』，脱貧的夢想真是自然不過。何況冰姐知道自己比同年的女孩長得標緻。

「聽到阿冰的告白，堂姐沉重的心情當下減去了一半，可以用錢解決的問題就不是問題，比較好辦，如果對方明事理的話。

「為了方便，我管那個男人叫宇。宇明不明事理，且留給大家來判斷。

「宇跟堂姐説，他很愛冰，想照顧她，留她在身邊。不過這個想法，在某方勢力看上他的家族和他本人時，他對冰的愛和想法都必須放棄。

「説到這兒，宇從口袋掏出一個繡了蝙蝠圖案的紅色小口袋，再從裏頭掏出一樣東西，遞給堂姐。

「堂姐接過一看，是一塊環型的翡翠，色澤光潤，下環的碧綠，說不出的晶瑩，透露貴氣。不過，她未免失望，玉環小巧，外環直徑目測頂多二寸，再價值連城也很有限罷。

「堂姐正想發話，宇開腔說：『何小姐，不要小覷這塊玉，它可是我的家傳之寶，我家發跡全仗賴它。』

「然後，他說了一個類似中國古代的靈異故事；就是他的不知第幾代祖先，機緣巧合，獲得這塊神奇的靈玉，只要誰懷着它，玉不離身便凡事亨通，特別有財運。例如一塊爛地會有大財團收購，一個小小的發明會有跨國公司出天價申請專利合作……」

有試過買六合彩嗎？有人急急的問。

年輕經理搖頭，續說：「這正是這塊翡翠的致命傷。你不能做壞事，連發橫財，想也別想。」

「即是？」

「宇的太爺去買馬票，有鄉里知道他的馬票一定中大獎，便打劫他，宇的太爺反抗，捅死了，鄉里進了監牢。」

「嘩，好毒的一塊靈玉！」一個人驚歎，不知不覺已走入了故事。

「亦可以說它很正義，是關二爺。」另一人又說。

引來「殊」聲四起，阻止經理的故事再被打斷。

『哼，看不出你是說書人呢！』當時堂姐卻起了不屑的疑心。不過到最後，她還是代冰姐收起這塊稀世奇珍。讓堂姐改變心意的，是宇說的一句話。」

「什麼話？」五人幾乎同聲發問。

經理故意頓一頓：「宇跟堂姐說：『請你叫阿冰收了這份非比尋常的禮物，遠走高飛。』」

「為什麼？」又是眾口一詞問。

輪到經理慢條斯理了。

他得意的說：「你們猜。」

正當推理小說迷陷入沉思之際，狡猾人已經開腔，同樣是慢條斯理：「原因顯而易見。令姐回心一想，神玉的魔法她沒有見識過，不過宇這麼賣力推銷，想快快把靈玉脱手卻非常肯定。」

「啊！」推理小說迷登時彈起，幾乎倒翻飯桌。

「原來——原來——」

「哼，原來什麼？在長輩面前有點規矩好嗎？」

狡猾人不喜歡給人佔了風頭，迅速揭謎。道：「宇的家族，藉寶玉發跡，可說是緣分。不過發財就要立品，任何時刻不能行差踏錯，如履薄冰啊。所謂聚有時，散有時。我想，當年宇的家族，已到了和寶玉緣盡的危險邊緣。」

「大叔，你的頭腦比沒喝酒的人更清醒。」

年輕經理向狡猾人恭維一句後，又說：「堂家姐轉念一想，猜測到箇中說不出的秘密。雖然半信半疑，但更明白，除了眼前的翡翠玉環，宇不可能再給冰姐什麼好處。她收下玉環，道：『你說的反正我不相信，不過，阿冰這傻瓜，也是時候跟你分手了。』然後，頭也不回的離開了。」

「故事就這樣告一段落？」

年輕經理停下來，不再說話，大家都有點愕然。

只見他點點頭：「我的故事到此為止，餘下的部分，大家自行領會、自行補充，發揮想像力吧！」

「我倒有興趣知道令姐的調查結果。」有人厚着面皮追問。

年輕經理卻淡然一笑，沒有答話，又再拿起枱上的小酒杯，喝一口，不，喝到杯底。

另外四人都向提問的那一位投以責怪的目光！

雖然，每個人都想知道答案！

忽然之間，熾熱的氣氛冷卻下來，一室的沉寂，連外頭風吹葉打的聲音，也聽得一清二楚，伴隨各人時重時弱的呼吸聲。

呼——吁——

颯——颯——

還有蟬翼振動的聲音。

各人悶聲不響，各有各打算。熱鬧給消化殆盡，每一個人回復為獨立的個體坐着。如何離開宴會廳，什麼時候返回自己的房間，此刻彷彿都迷糊了。

那位一直清醒的年輕經理突然爛醉如泥，腳步浮浮的返回自己的落腳處，一覺睡到天光。

翌日醒來，年輕經理接送五人上酒店穿梭巴士往機場時，隔着玻璃窗，才依稀記得，昨晚分手之後，當中有二人，先後來找他，查問故事中的阿冰其實叫什麼名字？現今住在何處？

「我是怎樣回答他們的？」年輕經理拍拍宿醉未醒的腦袋，一點也想不起來。

第一章　給動了手腳的鐵梯

1

她管我叫史賓莎，她派給我的職業是當按摩師。天曉得！

我從來就不是按摩師，更別說我是什麼史賓莎了。

但凡有朋友，即使她的朋友來訪，瞥見我就親切的問：「你叫什麼名字？」

我還來不及回答，她已經搶答：「史賓莎……別誤會，史賓莎不是家傭，是按摩師。」

我長得像家傭嗎？再說，按摩師比家傭高貴？去平機會投訴，誰個才是苦主？

今天，我決定了，要跟她說個清楚明白。

她在平台種了苦瓜。

我從來沒見過這樣瘦小的苦瓜。一排排伏在發泡膠箱內，在平台展覽着。她每天都來巡視，見可以收成了，便俯身一個一個的摘下，交給 Debbie——真正的家傭。

到了晚上，Debbie 把煮好的苦瓜捧上飯桌。

她站起身往碟裏張看。

「就這麼多？」她懷疑。

「Yes, mam.」

嘿，如果下雨，這種弱勢苦瓜更不堪一擊。

我步出平台，天快下雨了，她一定趕在雨娘娘前面搶救。

今天一定要將她的錯誤糾正。

我選了一張有坐墊的藤椅坐下，靜待目標出現。

這個平台也怪，應該是公家的——我現在坐的位置旁就放了不少雜物——在一樓的外牆伸展出去。

自從她搬進來以後，有意無意地私有化了，立案法團也不來管。在油麻地，這種舊式單幢樓宇都千遍一律。不過有這種伸展平台倒不多。大家都知道，這並不是秘密，她有錢，有很多錢。所以，對她選址在這兒都大惑不解。

「我的睡房外面有陽台，陽台上有鐵梯直達平台。」她這樣解釋。

她的朋友對於她的冒險行動都嘖嘖稱奇。先不要說會有賊打劫，而那把上了年紀的梯子，更讓人提心吊膽。

「嘭——嘭——嘭——」

晏晝唔好講人，夜晚唔好講鬼。

一講樓梯，樓梯就響了。

我伸一伸懶腰，站起，預備移向樓梯。

「我不是史賓莎，也不是按摩師。」我唸唸有詞的練習。

「史賓莎，史賓莎，我的苦瓜好嗎？」

樓梯的唉哼喘息，伴隨着她向我喊話。

我抬頭，看見她真絲長裙的下襬，還有……且慢，什麼東西掉到我的眼睫毛上？

「咦？什麼？」仔細一看，是鐵粉屑。

鐵粉屑！

我立時望向樓梯，看見——

不是吧！

裂痕！一塊，兩塊，樓梯的橫板和梯柱銲接處出現之前沒見過的裂痕，鐵粉就是從裂縫掉下，誰要踏上去，橫板肯定承受不起！

而她的裙襬此時正往下飄動！

沙——沙——

千鈞一髮！

我不假思索，使盡全力將坐墊踢出去。

2

「葵，葵花的葵。」居巽圓在電話另一端說。「楊念葵。你有興趣，可以查查看。」

「知道，明白。謝謝巽圓姐來電。」

童星禮貌的收線，走回辦公室。

貴為偵探隊長、下屬口中的星爺，對前老闆居巽圓卻是恭敬佩服，非常謙遜，即使對方看不見。何止看不見？居巽圓於兩年前結婚了，定居法國。

人生無法預期，誰會想到巽圓姐在「盛宴」大案（詳見於《盛宴》）認識現在的丈夫，毅然放下偵探社的工作。

不過很奇怪，香港人，任何香港人，無論身處何方，仍然關心着香港的一事一物。

推開偵探課大門，近門口處，太健正在電腦前發呆。

「喂！大件，大件！」童星敲敲他的桌子。

被叫做「大件」的太健從椅子跳起。

「星爺？」

「油麻地，兩個星期前，有人從高處墮下，你找資料給我。」

「知道。」

童星則轉去自己的座位，在電腦搜尋器上輸入「楊念葵」三個字。馬上，有幾條連結冒出來，童星逐條查看。

「唔。資料不多，非常隱蔽的富豪，若不是交易所出了狀況，也沒有顯示。」

童星盯着屏幕，喃喃自語。

這個時候，太健走過來。

「星爺，從救傷隊那邊找到的。」遞給童星一張手抄地址。

很簡單的一宗意外，一名中年婦人從生鏽的掛牆梯墮下，送去QE（伊利沙伯醫院）。墮下時，頭顱剛巧給一個咕啞墊住，不然就往西天去了。

「叫什麼名字？」童星想複檢一次。

太健一怔，沒想到阿頭會問名字。

「名字？」

「是不是叫楊念葵？」沒好氣道。

「呀！對，對。難寫又難念。」

童星也不來糾纏，收下地址，預備出去。

「星爺，去邊？」

「去現場。」

「有可疑？」

「說不定。」

「要查就趁早，下過兩場大雨呢。」

童星無可無不可的獨自外出。出事現場距離警署不遠，他打算徒步前往。

一般來說，這等意外，不用勞煩CID。軍裝警察抵達現場，幫忙將傷者送院，在案件簿上記錄就完結。

童星雙手插袋，一邊走，一邊搖頭，似笑非笑（他的樣貌本來就是似笑非笑）。

——所以錢真的非常重要，若不是傷者有錢，誰會留意？居巽圓更不會這麼巴巴的從法國打來這一通電話！

這番童星可得打醒十二分精神，因為居巽圓很少出錯，她的直覺，準確得令人起雞皮疙瘩。

「早陣子，油麻地有一件墮樓事件呢！你知道嗎？墮樓的女士是隱形富豪。」

前老闆的聲音再在腦際響起，最後，還拋下一句話。

「我覺得不是意外！」

這個落語，真是令人傷腦筋。童星彷彿又回到初出道時，經常給居巽圓揶揄粗心大意的日子。

——嘿，就是因為粗心大意，竟然將我塞給警務處。

約莫走了二十分鐘，來到涉案的大廈。童星抬頭，查看四周環境。

——咦！

感覺有一個人在身後；當他轉身時，人影立刻閃開！

打從警署出來，童星已經有被跟蹤的感覺。雖然不十分肯定。

——且別管！

對於辦案經驗豐富的童星，實在是小事一樁。

他走入大廈，出示證件，管理員立刻帶他走去肇事現場。

「鐵梯還沒拆卸？」童星問。

「哪來的錢，立案法團唔同意。」

鐵梯有二層樓的高度，前面放置指示牌，上面寫上：「危險，切勿靠近」。

童星跨過指示牌，仔細研究鐵梯。

橫板歪斜，有幾塊板已經搖搖欲墜，倒向平台的一邊。童星想像得到，傷者墮下時的撞擊力。

童星掏出偵察手套，戴上後，托起最近地面的兩塊研究。

——唔，果然。

明顯有切割的痕跡，不過，刀功卻拙劣，又或者鋸齒不夠鋒利。到底是哪一樣？

掏出顯微鏡，仔細研究。在最底的層板上，發現很細微的纖維。經過了兩場大雨，纖維還在，何解？童星小心的取了一些樣本。

上面的橫板又如何？

童星抬高頭往上望，最高的橫板遙不可及。

會冒險攀爬上去嗎？當然不會！

這不合乎童星辦案的方式。正要轉身離去，剛才帶他上平台的保安員笑盈盈的又再出現。

「阿Sir，搵唔搵到證據將兇徒繩之於法？」

「阿叔，你又知有兇徒？」童星露出他的招牌似笑非笑。

「如果冇，楊小姐就跌得離奇，她一天爬上爬落不知多少次。」

「鐵梯已經殘舊不堪。」童星提醒。

「鐵梯比阿 Sir 你還紮實呢！哈哈！這是鐵器老師傅的功力，現在的馬虎工人辦不到。所以呢，要切割嘛，還得費點力氣。」

童星一怔。「你都知道？」

「盲嘅都睇得出！不過，相信要借助高科技，夜更阿財說他聽不到任何鋸鐵的聲音。」

「那麼，阿叔，你認為……」

「謀財害命，肯定肯肯定。」

童星卻認為沒那麼簡單，不過，他必須要檢查最頂層的橫板才可以下判斷。他轉而問題發問。

「當日，為什麼你不跟警方說？」

「我想講㗎！呢，就喺呢個位置，我見到軍裝阿 Sir，軍裝阿 Sir 也見到我。他阻止我前進，同時講咗三句話。」

「邊三句？」

「保持安全距離」，「警察做緊嘢」，「無可疑」。

明白晒。

童星跟保安員一同轉到地面。

童星問保安：「我想檢查樓梯頂部，有人在家嗎？」

保安員搖頭。

「楊小姐還在醫院，她的傭工全都搬去酒店。單位在放盤。」

「你可以問代理拿鎖匙嗎？」

「可以，不過要先徵得楊小姐的同意。唉，傷得不輕呢！」

童星決定現在去醫院跑一趟。

「我得到同意再來找你。」

保安員點頭。

「使得！阿Sir，我都好希望你能破案。楊小姐是個好人。」

走回街上，本來想立刻去醫院，一轉念，想到那個跟蹤他的人，童星愛捉狹的個性突然跑出來。

——好，看看你是何方神聖。

他向前走了兩三步，忽然拐彎，閃進橫巷。

3

阿寶尾隨着童星。

見到他走入大廈，便在側邊的糖水舖等候。約莫大半個小時後，童星再次出現，跟保安叔叔説了幾句話，便走了。

阿寶馬上離開糖水舖，低頭，眼睛卻盯住童星。童星繼續向前行，阿寶緊緊尾隨。

其實，還不知道下一步該怎麼做。

快要走到街角，前面是紅綠燈。阿寶以為童星會過馬路——

豈料，童星突然轉彎，拐入小巷，不見了蹤影。

事出突然，阿寶一呆。

——怎麼辦？跟？還是不跟？掙扎！原來做偵探可真不容易呢！不是推理小說寫得那麼簡單。要「執生」。

阿寶催促自己盡快作出決定。

決定了，跟入橫巷。不過，雙腳卻死釘在地面無法移動。

正在這個時候，有人拍拍她的膊頭。

轉身一看，一個男人，似笑非笑的望着她。

「喂，你不是跟蹤我嗎？跟掉啦！」

——是誰？很面善。

——哎呀，不就是我跟蹤的CID？

阿寶大驚失色，「嘩」的一聲抱頭，跖到地上。

「嚇死人咩！」

4

「不是有心跟蹤你，」阿寶連聲說：「原先想去報警，但又十五十六，拿不定主意，在差館外面徘徊，忽然見你走出嚟，直覺反應，就跟着你。」

童星見阿寶只是一個小女孩，便帶她到附近的冰室審問，還請她喝鹹檸七。

眼前的這個女孩子，短髮，誇張的大圓框眼鏡，大熱天時，戴一頂格仔畫家小帽。二十歲不到吧，十足女童軍般！

「沒有勇氣報警，卻有勇氣跟蹤我，完全不合乎邏輯。你度好個故事才說出來。」

「所以我唔報警，因為講都冇人信，星爺。」

喝過鹹檸七，阿寶很快回神。

——竟然知道我是星爺！有點意思了。

「有備而來呢，故事，只管說來聽聽。」

「那得從兩個月之前講起。」

童星看看錶。

阿寶馬上說：「你要去醫院？楊小姐不在QE。已經轉去私家醫院，房號我都知道，待會告訴你。」

這一趟，童星不得不正視眼前的女孩子。突然冒出來，原來又跟楊念葵有關。

「兩個月前的故事，與及報警，都是跟墮樓傷者有關？」

阿寶點頭。

「我唔趕時間，你慢慢講，但要精簡。」

「冇問題！兩個月前，我中咗獎，獎品是去濟州島旅行。中獎的連我共有五個人，旅行到了尾聲，有人說了一個楊念葵發跡的故事。非常不可思議，我覺得事有蹺蹊。」

「事有蹺蹊？」

「就是有人特別安排一個場景，將楊念葵的事情説出來，然後把我們五個人拖進去。」

「你的想像力很豐富。」

「我都覺。」

童星幾乎把口中的檸啡噴出來。

阿寶不理會，故事繼續：「楊念葵的發跡史太神化，我不信，不過，當時在座的其他人我就不敢肯定了。回港之後，一直放心不下，恐怕有人利慾薰心，對這位隱形富豪心懷不軌，所以……」

「所以，你開始留意楊念葵的動靜。」

「沒有你説的簡單，先要調查她的背景，姓名及住址，確實身分。」

「你都好得閒！你是學生？」童星覺得眼前的女孩很有趣。

「當然！難道是無業遊民？我是大學生！」

「哦，唔怪之得，大學生，即是喜歡返學就返學，唔喜歡返學就唔返學『嘓隻』。」

「你歧視大學生！咁我唔叫你星爺啦。」阿寶呶嘴。

「咁你叫我什麼？」童星忍笑。

「叫你銅蛇。」

童星面色一沉。

童星姓童，叫童Sir很難發音。差館裏，「唔妥」他的人，背後會叫他「銅蛇」，下屬當然會避忌。

不過，童星果然是童星，很快調整心態。

「換個角度，你相當認真。我正式向你道歉。我不取笑大學生，你也不要取笑我。請繼續。」

阿寶立刻轉嗔為喜，說：「不用道歉。其實我呢，書真的讀得不好，我想成為偵探，無心向學……你說中啦。」

「偵探？你？」童星忍笑，樣貌更奇特。

為了討好童星，阿寶不怕給揶揄，急急地說出自己的背景：「我跟哥哥生活。爸媽一早移民紐西蘭，而我兩兄妹則喜歡香港的生活。爸爸給我們很大自由，媽媽卻說我睇推理小說睇上腦，不管我啦，所以我真的很自由自在。」

「有趣。」童星簡單回應，又道：「不過你的憂慮成為事實，楊念葵真的從高處墮下，你認為有人做了手腳？」

「一字咁淺。」

「那你為什麼不報警？到今天還拿不定主意。」

「因為，唉！一言難盡！」阿寶面有難色。

童星不作聲，讓阿寶自己說下去。

阿寶掙扎了一番，深呼吸一下，說：「好啦，不管你信不信，我只管說出來。不是說我中了獎去濟州島旅行嗎？可是，回港之後，當我展開調查，竟然發現什麼中獎啦，什麼濟州島旅行啦，通通沒有紀錄，在地球上消失得無影無蹤，什麼也不存在。」

童星稀奇。「你的意思是？」

「我的記憶，那段時間的記憶，全部給人偷走了。沒有派獎公司，濟州島酒店沒有我留宿的資料，接待我們的何經理也不存在，成了虛構人物。更恐怖的是，連航空公司也沒有我的飛行紀錄。」

「咦？」童星開始動搖，眼前的女孩是否過分神經質？正如她母親所言，看推理小說看上腦？

「不要，不要，」阿寶鑑貌辨色，立刻搶白：「我就是知道你不相信。求求你，我鼓起很大勇氣才走到這一步，如果你不相信，我就慘了，誰來幫我找回失去的記憶？」

「唔……」

「我有一個建議！」阿寶說。

「只管說來聽聽。」

「這幾個月來，我把事情推敲再推敲，反轉再反轉，知道憑我一己之力，無法把事情弄個水落石出，一定要有有力人士跟我聯盟。」

童星咀嚼阿寶的話，繼而漲紅了臉。

「不是吧？你要我跟個嘰妹聯盟？」

「我查過這區的 CID，就你最靠得住，最能幹。」阿寶毫不介意說下去。

這是一頂無人能推辭的高帽。

阿寶見童星不開腔，知道還有機會。

「長話短說，待會你去見楊小姐，代我問她一句話，憑她的反應，再作決定。」

「就這麼簡單？」

「是。」

「唔後悔？」

「唔後悔。」

「好，問什麼？」

阿寶說了。

「就是這樣？」

「就是這樣。」

童星很高興，站起往櫃檯付賬。

「很高興認識你，更高興能盡快擺脱你。」

阿寶聳聳肩頭。

「走着瞧吧！」望着童星的背影，阿寶自言自語。

5

童星在醫院的物理治療室找到楊念葵。

她被鎖在一張特定的牀上，有專人指導。等了半個小時，楊念葵才被釋放出來。精神疲倦，對於有警探來訪，卻顯得從容。

她吩咐童星把坐着輪椅的她推往小花園，再着他去買果汁。

童星拿着兩瓶果汁回來，坐到她的對面。

楊念葵望一眼果汁，然後把視線投向遠方，說：「今天天氣真好。」

童星才發覺自己很沒有風度，於是幫手腳還不太方便的楊念葵打開瓶蓋。

卜——嗞——

順便問她康復的進度。

楊念葵沒有正面回答，卻打趣說出事以來，首度有警察到訪呢。

「謹代表警方向你致歉。」童星非常誠懇。

「其實我並不介意。還是轉入正題吧；山長水遠走來，只是問我康復如何？」

醫院位處偏僻呢！

「剛去過出事現場，檢查樓梯，應該傷得不輕呢！」

「已經是兩個星期前的事了，怎麼忽然展開調查？我已經跟保險公司達成了賠償協議。」

「已經達成協議？那麼快？」童星愕然。他忘記了，警方根本沒有開檔案。

「有懷疑？」

「循例調查一下。」

——難道說，因為你有錢！

「循例調查，總好過不聞不問。的確，我傷得不輕。醫生説我『執番條命』。當然，他也不忘稱讚自己醫術高明。不過，也怪責我這把年紀還爬樓梯——這把年紀是我自己説的，他不敢觸碰我的年齡問題。」

童星莞爾，衷心地説：「楊小姐，你長相年輕。」

楊念葵只是微笑，喝了一口果汁。

眼前的富豪，沒有怨天尤人，漂亮中帶點傻氣，容易打開話題，相信有很多朋友吧？那麼仇人呢？敵人呢？

「在我的住所，有什麼發現？」

「對了，説起住所，我想入屋檢查樓梯的頂部。」

楊念葵爽快答應，更幽默的説，如果滿意房子，可以打個折扣賣給童星。

童星連説多謝。

「你不喜歡房子？出問題的是樓梯，不是房子。」

「是史賓莎不喜歡。」

「誰是史賓莎？」

楊念葵想一想，答：「算了，無關重要。」

童星道：「站在警方的立場，沒有任何細節、沒有任何人是無關重要的。」

「我明白你的意思，不過，史賓莎對我的錢財毫無興趣。」

——真有意思，這個人，一點也不避忌。

於是，童星直接問：「那麼，會有誰對你的錢財有興趣？」

楊念葵輕輕地搖頭。

「我知道自己的價值所在，我有很多朋友，也分得出誰真誰假。活了這麼多年，當然也有不少糾纏瓜葛，不過都是小菜小碟，還不至於謀財害命吧，我想不到我死了對誰有好處。阿Sir，我沒有線索提供，幫不到你忙呢！對不起！」

「明白。這才傷腦筋。」

——如果不是謀財害命，要憎恨一個人到什麼地步，才會佈局謀害？一個人，又有什麼非死不可的理由？

正待告辭，才想起阿寶的拜託。

「呀，差點忘記，重傷而獲救，真是不幸中之大幸，你是不是有什麼護身符？」

「護身符？」

「例如，掛在頸上的項鏈。如果是基督徒，喜歡掛十字架。」

「我不是基督徒。至少，在這一刻不是。」

「那麼，你身上一定是繫了玉環？」

「玉環？」

「只是道聽途說，玉環最擋邪，直徑兩吋的最靈，你有嗎？」

楊念葵抬頭，認真的瞪着童星，露出疑惑的眼神，繼而臉色刷白。

6

「星爺，這是化驗報告。」太健說。

是童星在梯板取回來的纖維。

童星仔細閱讀。

已經正式立案調查。很明顯，這不是意外，而是有預謀的傷害。

報告指出，纖維來自一種毛巾，針織粗疏，勝在廉價。

童星知道這種毛巾，裝修工人很喜歡使用，一買就是一疊，用完即棄。童星也知道購買的店舖，不是家品店，而是賣油漆刷掃的雜貨舖。

經過雨水沖洗，毛巾纖維還在！

可想而知，用力之猛！又撞上硬淨的鐵梯。

童星只能說一聲「蠢材」！

「大件，去上海街問一問，買毛巾和鋸的，亞裔男人，中等身材，略瘦，最多一百五十磅。」

「好！是兇手？」

太健非常有興趣；他已翻閱過楊念葵的資料。

「很神奇，有錢的券商，卻住在油麻地。」太健提出了他的疑問。

「先要逮住他，才知道他的動機，不是嗎？」童星卻不置可否，更近乎漠然。

太健沒趣，走開了。

童星不喜歡跟下屬研究案情，特別是還沒有頭緒的時候。

不是已鎖定兇徒？不是。

這個人，又愚蠢又善良。他從最底層的第三塊開始做手腳，並沒有置楊念葵於死地的想法。他為了不發出聲音，用毛巾包裹着梯板，增加了作業的難度。

壞蛋行業的新星。

所以，他並不是害楊念葵從高處墮下的人。

那麼，是誰？當然是鋸高層梯板的高手。

當太健去雜貨舖時，童星再去案發現場，告訴保安員，他已得到允許進入單位。

「對，楊小姐已叫經紀交低鎖匙。」

保安員也趁機參觀單位。「嘩，乜都冇。」非常失望。

大型的家具全部用白布覆蓋，一件貴重的擺設也沒有。

「阿叔，單位都已交給地產代理，沒什麼看頭，你且出去。」

童星走出陽台察看。

陽台寬闊乾淨，右手邊放了一些栽植用的工具，左手邊則有一隻鐵門，沒有上鎖。

童星走去拉鐵門。

「吱——啞——」

一推就開。鐵門後面出現那把直達平台的奪命樓梯。梯級螺旋式層層往下鑽。

童星俯瞰。

第一塊和第二塊梯板很陳舊，卻安好無恙，然後，在第三塊開始斷裂。

童星盡可能往下望，裂口很整齊，全部在左邊斷開，所以，梯板沒有散落，還吊在梯身上。

奇怪，有多少塊做了手腳？

童星有備而來，繫好安全帶。即使身經百戰，在最初的一步，不免膽怯。

——唉！這個女人。

當然，童星見識過，女人一來了勁，真的可以視死如歸。

童星蹲下。

透過空隙往下望，極目所見，情況一樣。安全起見，到此為止。

童星站起身，眉頭一皺，心想這是高超的技術啊。

用慣這把梯子的人，肯定不留神梯子給人動了手腳。破壞王是怎樣做到的？從上鋸抑或從下鋸？無論由上而下，或是由下而上，都會碰到一個難處——鋸第二塊時，要踩在已被自己鋸斷的梯板上！

非常費解。

除非——

童星想到蜘蛛俠，又或者蝙蝠俠……

童星安全回到陽台上。腳踏實地的實在感，令剛才「飛人」的聯想很可笑。不過，解不開謎團的幹探，就讓人笑不出來！

童星雙手抱胸，無意識的望向前方。隔着四方街，同樣年齡的舊樓，窗口一是緊緊封死，再不然就是毫無掩飾地敞開，掛滿各類型男女襪褲內衣。

童星忽發奇想，如某一個窗口，能射出穿牆破壁的強力紅外線，對準梯板，將之一一鋸開。穩定、靜音、裂口微細，猶如杏林聖手動手術。

但願這個超科技幻想站得住腳！他如是想。

畢竟勝過要跟阿寶聯盟！

要找阿寶嗎？當然不！

剛好相反，這幾天，他都在躲開每天都打電話給他的阿寶。

當天，童星按他和阿寶的協議查問楊念葵，有沒有一塊經常帶在身邊的玉環。童星拋出了問題，果然，正如阿寶所料，楊念葵反應不尋常呢！

如果不找阿寶，豈不是食言？

食言事小，給阿寶牽着鼻子走才丟臉呢！

童星似笑非笑地，走回屋內。

肚餓了！童星很高興消化系統幫他停止這場腦激盪。他決定先去吃頓好飯，慰勞一下自己。

7

當童星吃得飽飽，從餐廳走出來時，手機鈴聲響了。

「星爺，鋸梯兇徒快要落網，簡直不費吹灰之力。」

「雜貨舖的人認出他？」

「對，因為是個蠢得可憐的孝子。他的媽媽重病住在廣華醫院，他經常去雜貨舖買這買那服侍媽媽。兩星期前，忽然買最粗最薄的抹巾，顯然不是買來幫媽媽抹身洗臉。時間吻合得無法脫身。」

「你等他現身？」

「又對。老闆說他泰半今天會來，不然探病時間去醫院『刮』他。但老闆也說了，有孝心的人不會太歹毒，其中必有誤會。」

「嘿，誰要理會他的孝心？警署見。」

8

出乎阿寶意料，銅蛇並沒有再聯絡她。

電話也不聽。

——豈有此理。

不能無了期的等待，阿寶決定行動，直闖警署。

到了門口，看見兩個人，一個認得，是童Sir的助手太健，另一個人……

——咦！很面善。

二人已經走進警署。

「啊！」

阿寶認出他！濟州島！五個中獎人中的其中一個。

「我不是活在平行時空，真有中獎這回事。」

這個大發現令阿寶很高興。

9

給逮捕的孝子叫林漢泉。

他對鋸梯子的事直認不諱。

「但楊女士的墮樓跟我無關，是她不小心失足吧！」

——我都知跟你無關！

童星心裏明白，但解開疑團的線索暫時只有這一條。

「她傷得不輕。」

林漢泉面露愧色。

「你跟她有什麼私人恩怨？」

「沒有，其實我是想謀財。不過，財未謀到，已遭天譴！」林漢泉垂頭喪氣，又道：「阿 Sir，原來世事真是密切相連。楊女士雖然不是因我受傷，你拉我鎖我吧，好結束這場災難，但願報應不會扯到我媽媽身上。」

「你媽媽有什麼病？」

「脊骨病，臥牀多年。」林漢泉說了一個醫學名詞。

「這種病要尋求名醫。」

「我知道。所以，我需要錢！」

「你跟楊念葵非親非故，她有什麼差池，口袋的錢不會轉賬給你。如何謀財？」

林漢泉望一眼童星，狀甚尷尬，默不作聲。

「何況，你蠢得無法形容，這樣鋸法，打算鋸到什麼時候？」

「正如你說的，蠢囉，誤信謠言……」

「什麼謠言？」

林漢泉一味搖頭，道：「唉，不說啦，只會愈描愈黑，正是墳場傳教……」

「什麼意思？」

「星爺，意思是『搵鬼信』。」太健抿嘴一笑。

「別扯開——」童星沒好氣的，說：「你說謀財，我們總得要知是什麼財。」

「就是——她身上有什麼財就謀什麼財——聽說是財主，不是嗎？」林漢泉支吾以對。

「不要告訴我，你要謀的財，是她身上的一塊玉環。」

「哎喲，你怎麼知道？」林漢泉抬頭，大驚失色。

10

林漢泉離開警署。

他被告知，極有可能以「刑事毀壞」罪名控告他，着他不要離開香港。

「倒楣。」林漢泉唉聲歎氣。

一個身影擋住他的去路。定睛一看，是個年輕的女孩，笑得燦爛。

似曾相識。

——誰？

「叔叔，認得我嗎？濟州島旅行。」女孩開腔。

11

看不見，什麼都看不見
只是一直在哭泣
但並不是因為悲傷
而是觸摸到温暖的你
因而感到十分快樂
啊

不要走，不要走
不要走，不要走
永遠永遠都不要離開我

啊
不要走，不要走
不要走，不要走
請留在這吧

曾幾何時
我的心已經飄到遙遠的某處
當一切都成了回憶
還不如別去了解

別去了解

啊

且留步，不要走，不要走

無論何時都不要離開我

啊

不要走，不要走

不要走，不要走

就留在這，暫且留步

啊

永遠都別說要走

就留在這吧

「史賓莎，這是什麼歌？你聽得出來嗎？」

（李香蘭。）

「我知道你一定以為是李香蘭。」

（不是嗎？明明是張學友唱的《李香蘭》。）

「其實，原曲是日本電視《別了，李香蘭》的主題曲，玉置浩二的作品，松井五郎填詞。」

（總之就是李香蘭。）

我不打算爭拗。

她已經出院——當然，距離完全康復還有一段日子。我們在新屋。正確說——因為她有不止一個房子——我們在她最方便入住的一個房子。

而自從她出院之後，她就愛上這曲調；而這曲調正在房子內，像幽靈般地繞繚到每個角落。

我有點暈眩，提不起精神。這兒比油麻地的單位優勝何止十倍，平台的草木有專家打理，沒有地方給她開墾種植，更別說私人鐵梯，太棒了。

不過，搬家對我來說，卻一點不輕鬆！何況，再怎麼說，也不好向她抗議，作什麼更正。從此以後，我就是叫史賓莎的按摩師好了。

我真是無精打采。而她，也好像滿懷心事呢！

只見她手裏拿着一塊玉環，怔怔的瞧着，靈魂兒不知道飄到哪處。

「奇怪，最近經常有人提起。」

（提起什麼？）

「這塊玉環，是嗎？是這塊玉環？我也不肯定，竟然有人打它主意。其實，已經給我扔到首飾箱底很久了。」

我走過去，往她手裏瞧。

她抬頭，看看我，聳聳肩，說：「本來有兩塊，是一對的，是一對耳環，當年

十七、八歲吧，有人送給我。後來賣了一隻過活，賸下的一隻就造成鍊墜。漂亮嗎？」

我還來不及回答，她已收起玉環，說：「你根本沒興趣。」

「我跟你說些你或許有興趣的事。」她重新拾起話題：「我住院期間，——呀，你就好——住酒店。」

（哦！）

「有個修女隔天就來探望我，講道理啦。胖胖的，眼睛大得出奇，她一開腔我就想睡，不過我專心的聽，讓她以為我非常有興趣，你道為什麼？」

（為什麼？）

「她的長相十足是你的前主人，你記得你的前主人？」

（當然，怎會忘記！）

那天我剛巧幫前主人按摩，剛巧她走進來，她看見我，就問：「她叫什麼名字？」前主人說了，她馬上又接着說：「我知道，史賓莎？戴安娜皇妃的父姓。」

自此以後，我改了名字，且成了按摩師。到前主人返回天家，她馬上把我接到她的家。

我長歎一聲作回應。

她佯裝聽不見，自顧自的說下去：「所以修女說的，其實都聽不入耳。一天，她走了以後，電視播放一個介紹智利的節目，吸引我的視線，一隊人走到渺無人煙的冰川，用防水膠布包裹住咪高鋒，放進冰川，你道為什麼？」

（？）

「為的是錄音，記錄深海裏的聲音！當收音器傳回海籟之音時，隊員臉上寫滿的幸福，真是無法用筆墨形容。

「我衝口而出罵了一句傻瓜，但隨之，發現自己的臉濕濡濡的，竟然流下淚來。

「修女說，天外有天，只有屬主的人才看得見。當時我心裏反駁，只有傻瓜才看得見。當我對着熒光幕罵人傻瓜時，猛然領悟，真的有看不見聽不見，甚至摸不到的世界，只有傻瓜才可以發現。」

我打呵欠。

「你沒興趣？」

我微笑，盡量睜大眼。

「那麼我說正題啦。你知道嗎，快要出院時，有一個陌生人來探望我，叫林漢泉。他說他來謝罪，傳聞說我身上有塊無價之寶的玉環，於是他去鋸鐵梯，想趁我受傷搶走玉環。」

（什麼，原來是他！）

「不過，他發誓不是他，害我的另有其人。他求我的寬恕，他是迫不得已，他需要一筆醫藥費。不過，鐵板還未鋸斷，我已倒下。」

（幸虧有我呢！）

「史賓莎，是你救我的，我沒有忘記……警方打算控告他，如果是罰款，他沒錢；如果坐牢，就沒人照顧媽媽。」

（你不是輕易相信他吧？）

「何不相信？反正我不是因為他而受傷的。得饒人處且饒人，我就幫他一把吧。」

（然則，跟修女，跟冰川有什麼關係？）

「我跟你說，史賓莎，我不知道兩者有什麼關係，反正，我改變了主意。如果是從前的我，一定不會原諒，一定不會。」

（我同意。）

「我出去一會。」

（我不同意。）

「我幫林漢泉找到專科醫生。——我知道你會說，又花錢了。可是，在那個地方，不管是天外天，海中海，我的錢都毫不管用，此時不用，更待何時？」

12

林漢泉很慶幸自己接受阿寶的忠告，去向楊念葵道歉，兼發出危險的信息。結果出乎意料——他不但得到原諒，媽媽的病患更露出曙光。

最初，他非常抗拒阿寶的提議，辯稱沒有親手做成傷害。

「我問你，你有沒有向何經理查詢，他口中阿冰的真實姓名和在香港的住址？」阿寶追問。

「這……」林漢泉汗顏，間接承認，在濟州島，他有去向何經理查詢。

「告訴你，若你不去警告，楊女士早晚會再受傷害，甚至死亡，她墮樓根本不是意外。」

「可怕！」

「更可怕的是，我們中獎一事，是一個陷阱。」

「怎麼說？」林漢泉瞪大眼。

因為作賊心虛，回港以後，他隻字不提濟州島之行。

當阿寶告訴他，一切不留痕跡時，他震驚得說不出話來。

13

童星告知太健，律政司建議，不對林漢泉提出任何起訴。

「為什麼？」

「楊小姐的代表律師寫信給律政師，表示業主立案法團不會就鐵梯損毀索償及提供證據。」

「明白。證據沒有了，多一事不如少一事。」

太健也慶幸孝子能脱身。

「星爺，close file？」

童星想想。

「且擱一擱。」

「好。」

童星放不下梯板。

——那麼，是誰作的孽？

14

「媽，你快要轉院了。」林漢泉幫媽媽轉身。

「多謝，多謝那位善心人。不管能醫不能醫，對我們都是一個解脫。」

「媽，你從來沒有負累我。不要胡說八道。」

「泉，無論如何，我很高興可以離開這間病房。」

病房西斜。

林漢泉走去窗口，調節百葉簾的角度。

本來是一片的斜陽，壓成了一線，透過窗簾，照落林漢泉的手臂上。

「咦？」

林漢泉望着那一線的斜陽，一呆，想起了什麼。

「媽，我去打個電話，然後去買粥。」

林漢泉走出走廊。他打電話給童星。

童星不在。

林漢泉留下電話錄音：

「阿 Sir，我想起來了，當我鋸鐵梯的時候，暗黑裏，對面馬路一棟樓的窗口，射來如白冰一樣強烈的光，對準頂部，一陣寒意掠過我全身。我不知道跟案件有沒有關係，告訴你就是了。」

打完電話，林漢泉離開廣華醫院，走上窩打老道。

胡——嗞——

猛力的摩托聲。

林漢泉舉頭——

來不及察看——

一部大馬力電單車，超速正面撞向他……

整個人飛脱，拋向相反的行車線……

第二章　免費試食曲奇

1

一個女人，走在加士居道。滿懷心事，眉頭緊鎖。

她的步伐，一時像漫無目的，一時又像堅決前往——刑場。

幸而，街上行人稀疏，並沒有人妨礙她，她也沒有妨礙任何人。繼而，她在路中心站住，抬頭察看，要確定離目的地還有多遠。

從口袋掏出電話……

「唔，這個地點。她又搬回來了。」只有自己才能聽見的聲量説。

説完之後，把電話放回口袋，繼續前行。她依稀記得，再往前走，前面是一條很短的橫街，橫街之後的拐角，就是那幢大廈。

她又陷入猶豫的思潮，步伐帶點凌亂的往前移動。

2

「史賓莎，你記得我的朋友嗎？Victoria，她說要來探望我。」

（Victoria？哦，那位破產的股票經紀？）

「可憐呀！不知道她的生活過得如何？」

楊念葵望一望牆上的掛鐘，三時零五分。

「她應該已經在途上。我告訴了她坐什麼巴士，在什麼地方下車。可憐呀，從前她出入便伸手叫計程車，想都不想遠近。」

3

拜訪，足足延遲了一個季節。

兩年前，Victoria 得到楊念葵的提攜，投身金融行業。楊念葵是香港寥寥可數，能置身雄性生物地盤的女性。楊念葵說，你跟着我就好。

一幅繁榮絕色的畫軸在她眼前展開，但她沒有留意到，底層灰黑的厚雲朵正從高遠處飄進了畫軸。

兩年間增加的財富，減低了對風險的警覺性。忽然，一個大浪，一個沒頂之災，猛然醒覺，已經太遲。

楊念葵竟然絲毫無損。她怎樣辦得到？

到底是好奇？求助？抑或是埋怨？在還未搞清楚在心中翻動的，到底是哪種滋味之前，她不想貿然走去找楊念葵，這就是拜訪一直推遲的其中一個原因。

她來到短街的最前端，一家小得可憐的法式曲奇餅店，不，叫小食亭更貼切，店面又乾淨又新潮。

兩個店員站在櫃檯後面，一個最年輕的女店員，捧住一塊銀盤，站到行人道上。

4

童星走進球場外圍的休憩處。

他約了阿寶，周圍目測一次，還不見阿寶。童星選了一張有草棚的長板櫈坐下。

童星發訊息給阿寶，告訴對方他的位置，卻完全得不着反應。

沙——沙——

一名清潔工，包裹得像衞生署的消毒人員，認真地掃地。

沙——沙——

離開了徒步徑，掃帚逼近草棚，揚起塵土。

「喂！嘩！」童星彈起。

清潔工拋下掃帚，走過去，連聲說「對不起」。

一開聲，童星認得是阿寶。

「搞什麼鬼？」

童星正待發作，阿寶卻「殊」了一聲，捉童星坐下。

「我非常高危，需要掩護。」

「你如何高危？」童星沒好氣的。

「林漢泉叔叔死了，是交通意外，你信？」

「信不信又如何？」童星黑臉。

「我認為，再有意外發生，主角肯定是我。」

5

「小姐，你好。這是手造的新鮮曲奇。請你試食。」戴着白手套，穿紅裙子制服的女孩，把銀盤遞到 Victoria 胸前。

滿懷心事的 Victoria，只感到厭煩，她沒有拒絕，卻側身避開。女孩識趣的縮回手，讓 Victoria 走過。

「府上可有小朋友？他肯定喜歡。」身後，依然響起女孩殷勤愉快的聲音。

「嗯？」

Victoria 猛然醒起：沒有預備拜訪的禮物！感覺上，給人不禮貌的印象。更何況，對方剛剛重傷出院！

已經遠離曲奇餅店的她，便走回頭，走回女孩的身旁，瞅瞅銀盤內的曲奇。女孩馬上拿起一塊遞給 Victoria。Victoria 沒有接過，只是搖頭。

「可以拿回家試食嗎？」

「這？」女孩猶豫。

「我想沖一杯茶才試，我一定回來告訴你曲奇好不好食。」

「那我用紙袋幫你載起試食。」女孩聽到 Victoria 的解釋，非常高興。

「還有——剛才不是說，或者小朋友會喜歡？」

「是啊！」

Victoria 沒有答話，女孩想一想，明白過來。堆笑說：「我們新開張，一定要多請小朋友試食。請你等等。」

只見女孩走回櫃檯，跟櫃檯後面看似是店長的店員說話，那位店員抬頭望了Victoria一眼——

俄而，女孩走回來，手裏拿着一個印有餅店招牌的小紙袋。

「多少塊？」

「五塊。」

Victoria 有點兒失望。

「抱歉，外帶試食已經是破格。店長給你五款不同的味道。」

只見小紙袋高雅，Victoria 接過，也不說一聲多謝，掉頭離去。

6

童星嚴肅的說：「你知道就好了，那麼就不要在外面四圍跑。」似乎，阿寶的危機說法，他全盤接受了。

阿寶說：「我不是四圍跑，我有很重要的情報給你，只有你解決咗問題，我才安全。」

「你有什麼情報給我？」童星問。

「我的情報非常重要，我認為，是來自天上的情報。」

「你報料就報料，不要感性理性靈性『炒埋一碟』。」

阿寶自顧自的從嚴密的保護衣中掏出手機。

「看。」遞給童星。

一張手機照片。

拍攝地點看似是一個宴會廳，鏡頭從左邊拍攝。鏡頭前面出現五個人，五個人似乎不知道被拍照了，都沒有望向鏡頭。

三男二女。其中一位少女，童星認得是阿寶。此外，坐在最外方大約五十歲的男子，有點面善。

「這張照片是林漢泉、即林叔叔拍的，在濟州島，三日最後的一個晚上，我們聚集在一起。這張照片，是林叔叔去完洗手間後，忽然想到，不如拍一張照片給媽媽看，於是他就拍了。又怕其他的人不同意，所以沒有張揚。」

「這張照片，怎會落入你手上？」

「所以我說是上天給我的。……我們在警署外巧遇，然後他死了。」說着說着，阿寶眼眶都紅了。

「唉，你把照片傳給我吧。」童星平生最怕女人的眼淚。

7

保安嚴密的一座大廈。

幸好，楊念葵已經囑咐了保安員，因此，Victoria 很順利來到楊念葵的單位。

Debbie 應門，跟 Victoria 打過招呼，給她拖鞋，馬上又鑽進了廚房。

楊念葵坐在客廳正中央的沙發上，笑容可掬，由於行動不便，用手勢叫 Victoria 坐到她身旁。

「好久沒見，你好嗎？」楊念葵端詳着 Victoria。

簡單的一句，卻讓 Victoria 打翻了五味架一般。從前，Victoria 視楊念葵如大姐的倚靠。如今卻形同陌路，原因，楊念葵真不知道，抑或假裝不知？

「姐……」Victoria 不知所措。

幸好，Debbie 端來了茶。

Victoria 借機打量房子。大得誇張的客廳顯然裝修過了，煥然一新，只放置適量的家具。以米白色為主調，一百八十度落地大玻璃窗，前方的滚地木球場一覽無遺，唯一誇張華麗的裝飾，是沙發後面的牆。牆紙是一幅日本描金的工筆風景畫。

Victoria 視線落到楊念葵身旁的拐杖。

——呀，自己是借探病之名來破冰的。

暗罵自己太失禮了。

「很憔悴呢。喝口茶吧。」楊念葵打破僵局。

Victoria 順從地喝口茶。

「我叫 Debbie 弄了你喜歡的上海點心，要多吃。」

「我買了曲奇給你，你有吃過嗎？這個牌子，新開張，就在街角。」Victoria 這個時候才想起手上的曲奇。

把免費試食品説成了專誠買的手信，Victoria 面不紅耳不赤，更奇怪的，那袋曲奇竟又重振了她的膽量。

「好，謝謝你。破費了。」楊念葵接過曲奇，放到沙發旁邊的小几上。

Victoria看見客廳另一角落的史賓莎。

「Hi，史賓莎。」Victoria打聲招呼。

8

童星說，他會對照片中各人進行調查。

「你就安心待在家裏吧。」

阿寶卻搖頭，「待在家中也不安全，我感覺有一個很強大的網絡把我鎖定了。」

童星詫異，道：「不會吧……」

口裏說不，心卻很不踏實。他也會意會得到，事情非常複雜。

令人傷腦筋的是，事件已釀成一死一傷，表面上卻毫無牽連，在警方一面，童星也沒有證據提升案件的級別；反之，已到了不了了之的臨界點。

童星陷入了沉思狀態，阿寶把他叫回來。

「童Sir，童Sir。」

「嗯？」

「我想找我阿哥幫忙。」

「什麼？你還覺得牽連不夠？」

阿寶說：「阿哥是我監護人，而且是我的最強大後盾。」

「他又是哪一號人物？」

「他在史丹福畢業，讀人類行為學。」

「嘿！」童星失笑站起，又坐下，道：「不要告訴我，他無所事事。」

「的確，他賦閒在家。」

「他是網路高手，迷信尖端科技吧。」童星繼續揶揄。

「你又『估中』，他認為，人類的工作早晚會給AI取代，所以工作是毫無意義的。」

「一名研究人類行為反社會的宅男要怎樣幫忙？」

9

Debbie是全能的。Victoria一直都這樣認為，甚至，有一個時候，Victoria萌生挖角的念頭。

當然，這一切，俱往矣。

即使此刻，Debbie都非常管用；她的上海小碟，可說是一個溫熱器，慢慢營造着Victoria向前邁進的氣氛。所有寒暄在小碟全都吃得見底時完成了，拜訪的底蘊，像一部列車，抵達了終點站。

Victoria放下茶杯，眼皮定在茶杯的邊緣，悠悠地說：「你問我，日子過得怎麼樣？我要從哪兒說起？」

「愈前愈好，慢慢說，我都想知道。」

得到了鼓勵，Victoria 更放膽放開說話：

「你受傷，我沒有即時問候——甚至連一通慰問的電話也沒有，只因，我對姐不無怨懟。」

眼皮從杯子往上移，來到空間的平衡線，借此將對話傳送到另一端，而對方馬上意會得到。

楊念葵接腔：「是因為『中國（香港）婦女協會基金』的問題？」

「你也可以這樣說的，是導火線吧！」

無論是中國婦女協會，或是中國婦女協會旗下的基金，楊念葵都是 Victoria 的保薦人。

Victoria 在此獲利不少，直至一隻股票的出現；一隻聲稱是「中國 Starbucks」的股票出現。這家「中國 Starbucks」，每每在正牌 Starbucks 旁邊開設超過一間的咖啡店，實行包圍攔截；此外，更推出買一杯送一杯的割喉式戰術，不到一年，便在納指掛牌上市。

既然有國際響噹噹的知名基金和核數師協助，中國（香港）婦女協會基金也馬上吹捧，專門幫助會員買賣這隻股票新貴。

因着這樣進取的經營方式，很快便引來了美國追擊、調查；一個沽空機構的匿名報告：商品數目做假，誇大廣告支出、淨售量和訂單。股票即時狂插，幾度熔斷。

「姐，當時，你也有操作基金吧？為什麼你沒有告知我當中的風險？」

「我有告知你風險，很鄭重的勸告，不是嗎？在你一入行之時。」

Victoria 有點愕然，她並沒有這方面的記憶。

楊念葵續道：「千萬留神一條破敗的軌跡：『狂燒』銀紙——一名牌基金入股——抽水——延續『燒錢』。表示什麼？」

Victoria 迷茫，「表示什麼？」

「表示，沒有人認認真真做生意。」

——嘿，明白了，就像需要符合商品説明條例的警告，如急口令一樣，説了等於白説；又或者如微刻似的異體式聲明，看得清楚，但也無法理解。

這樣的解釋，無異於說，你技不如人，兼且後知後覺。

「姐，為什麼只有我破產，你卻分毫無損？」

語氣不是千斤重，而是又輕又薄的鋒利。

楊念葵歎一口氣，說：「當然我也有損失。是我從事金融行業預期的責任損失。當我的股票持有量不足以令我成為基金董事時，婦女協會理事都非常驚訝。」

即是說，她有預知能力，只是應酬式入股！

Victoria 詞窮了。她還有什麼可說的呢！

過了一會，Victoria 用手指在沙發上輕輕的畫着只有她自己才理解的線條，她再度說話時，聲音像一朵在空中飄浮的棉花。

「姐，我要向你認錯。」

「怎麼說？」

「三個月前，我中了獎，獎品是三日兩夜濟州島旅遊。當時生活得太苦，什麼也沒考慮，就出去走走，好把悶氣驅散。」

——又是濟州島？

「說下去吧！」

「最後一晚的 farewell party，招待單位的何經理，說了一個匪夷所思的故事，說一個女富豪發跡，靠的是一塊通靈的玉環。」

「嗯——嗯？」

「我一聽，心裏疑惑，故事的主人翁，是我認識的人，是我的偶像姐你嗎？曲終人散，我私下去找何經理，確認了。」

「那就是我？」楊念葵問。

Victoria 點頭，楊念葵笑了出來。

無論是黑股，抑或是騙局，要取信於人，板斧都很單調，就是「說好一個故事」。很不幸，很多人都相信，屢試不爽。

「你道什麼歉？」

「因為——」Victoria 語帶猶豫說：「故事帶出姐的初戀，我彷彿偷看了姐的秘密。」

「我的初戀？我並不認為，世上有任何人知道我的初戀。你要道歉的，反而是你沒有立刻來通知我，非常危險哦！」

「是嗎？」Victoria 停止指尖的動作，抬頭，首次定睛楊念葵，她從來沒有這個危機意識。

10

阿寶要求童星再請他喝鹹檸七，就在上一次的餐廳。阿寶打扮回復正常。

「你不怕危險？」

「不怕。阿哥話我安全。」

「哦！人類行為學家！他說了什麼？」

「太重要了，簡直是定海神針。」

「阿寶，你用詞……」

阿寶接腔：「很老派是嗎？跟年齡不相稱。我知道，你不要打岔啦，我有很重要的話要跟你說。」

童星立刻雙手抱胸，抿嘴不語。

「兩大重點。第一個，這是一次超級大行動，有組織有目的。不是私人恩怨，更不是個人行動能辦得到。」

阿寶頓一頓，見童星果然死硬不插嘴，繼續說下去：「首先，安排了五個人，企圖讓五個人按一個計劃藍圖行事。五個人，據阿哥說，是有邏輯學計算的。以人類行為或然率計算，有一半人會墮入圈套，採取行動。林叔叔中招了，接下來，還有一個人會採取行動，繼而身陷險境。」

「且慢——」童星忍不住，道：「『唔啱數』！」

「噢！對不起，我說得太急了。」阿寶搔頭以示歉意，道：「五個人，被引導向楊念葵阿姨下手，為安全起見，其中一個應該是『媒』，安插進去起推波助瀾作用。剔除了這一個，剩下四個，所以，一半就是兩個。亦解釋了為什麼我安全的原因；沒有行動的人肯定是安全的。」

「原來這樣！人類行為學研究這些！」

「你有興趣認識我阿哥嗎？」

「他不是宅男？」

「你錯了，既然是研究人類行為，當然最喜歡接觸人。他一接觸你，你就變成了他研究的對象。」

「免了，我不想認識他。」

11

「姐，我想向你討教，重新學習。」

楊念葵卻搖頭。

「我有點後悔，不應該把你帶進金融行業。——你在此止步吧。」

「好的，我聽姐的話。」Victoria 說。

楊念葵錯愕，以為要費一番唇舌呢。

——那麼，今天來訪，是單純問候？

「我也知道我沒有這個天分，我死心了。正因為這樣，我更有興趣知道，姐的成功之道。」

「其實，因緣際會，說來話長。反正我也意興闌珊，正安排淡出，那就不必再提吧。」

「你就不願意滿足我這個好奇心？」

「唔……」楊念葵意味深長地，向 Victoria 望了一眼。

——可憐呢，我應該敞開胸懷面對她的。

一轉念，她正色道：「好吧，你便當聽故事。我快要五十歲了，那就是二十多年前，多少歲？十七、八歲吧。」

「果然是。」Victoria 暗喜。

「因緣際會，我入了粵劇界一行。因為家貧，被爸媽送去戲班跑龍套就是了。」

「這有點出入。」Victoria 暗忖。

楊念葵續說：「我被一位經常來看戲的有錢商人賞識——其實也沒有什麼，見我經常書不離手——我念念不忘讀書，希望重返校園——大概想栽培我吧！不過，卻引來戲班當家花旦的妒忌和排擠。有一趟，戲班到新加坡演出，之後班主藉故將我留下。」

「噢！」有點出乎意料，Victoria 以為她一帆風順。

楊念葵淡然一笑，說下去：「一個沒有戲班的戲劇從業員可以做什麼？班主說，我見你喜歡看書，你試試寫劇目吧。算是過意不去可憐我。」

「這是——真的？」Victoria 問。

「你不問，我都開始淡忘了，好像很遙遠呢……」

「後來呢？」

「死馬當作活馬醫，為了生活，過了難過的階段，我便認真研究寫戲曲的門路。最初，當然是找來戲寶舊曲目，左抄一節，明搬一段。試着試着，摸出了一些眉目，試了幾番，寄回香港，戲班竟然也採用。」

「你是編劇！姐，你本事得不像話。」

「生疏了，都忘了。……不久，排擠我的名角過檔，去了別個戲班，班主把我接回香港，我又和那位商人重遇了。大概他覺得連累了我，想要補償，他叫了我去他公司跟他學做生意。『粵劇，不是人人可以出頭，沒有名氣的，要養家也不成。』他是這麼說的。」

「我還不知道，你有師傅，我要叫太師傅了。」

「他是金融奇才，跟着他的幾年，真是賺了。叫他師傅還有點汗顏。不過，我也狠下工夫的。幾年後的一天，他說，你下山啦！自立門戶吧。」

「就是這樣？」Victoria 半信半疑。

「就是這樣。你有問題？」

「他有沒有給你打本？」

楊念葵哈哈大笑，「當然沒有，如果有，他就不是成功商人啦。」

「你跟他不是？……」

「你是指我跟他的關係？對的，本來可以多走一步，不過，最終都沒有。」楊念葵輕輕的說。

心，好像飄去了某一個遠方。

「這個人——現在在哪兒？」

「你想向他討教？我也想呢。他已不在人世了。每逢遇到人生的難關，不知所措時，我總會想，假如是他，會怎麼做？想着想着，也就一關又一關過了。人生就是這樣，Victoria，不要氣餒哦！」

12

「第二點又是什麼？」

「第二點呢，嘩！更了不得，簡直是推理小說的情節。」

「在警方面前不要過於輕浮吧。」

「我唔會，我好尊重童Sir大哥的。不過，你要坐穩啦，我哋要坐高端科技飛向世界的最前端。」

「如何說？」

「是關於那把掛牆鐵梯。」

童星一凜，「快說下去，不要賣關子。」

「當阿哥聽我描述楊阿姨如何墮樓，他最疑惑的就是行兇者如何動手腳，人手是不可能做到。他用衛星地圖搜索。鐵梯已經不在了。」

——真的？警方竟然不知道。

同聲暗罵自己太粗疏。

「有點毀屍滅跡的意圖。不過，不會難倒我阿哥。」阿寶得意的繼續説下去：「毀屍滅跡的行動，其實幫助了阿哥，他立刻縮窄了思考的範圍。整件事件，少一點財力物力都不行，也要借助高端科技。阿哥上網搜索，發現一種先進科技，可以用冰光，即凍冰切割鋼鐵。」

「嘩，果然是小説情節。」

阿寶繼續説下去：「好處是穩定準確，切割的角度，切割多少，操控自如，唯一會出現的情況，就是切割的時候，會出現寒光，閃爍如刀，劃破長空。」

忽然之間，林漢泉的臨終留言，與人類行為學家的妄語接軌了。

童星急問：「如何操作？」

「遙遠控制。」

「可多遠？」

「你認為呢？」

「兩座——樓宇之間的距離？」

阿寶微微一笑，「當然是 bingo 啦！」

童星心裏狂喜，口裏卻說：「你阿哥真的喜歡天馬行空。」

「咁你喜唔喜歡？」

童星不作聲。

只見阿寶從手挽袋抽出一張紙，遞給童星。

「喏！」

「這又是什麼？」

「到你上場表演的時候啦！這是 AI 的型號。擁有這種智能機器的公司，在香港寥寥可數吧。」

童星一手搶過紙條。

「再幫助你縮窄調查範圍。」阿寶忍笑說：「那把鐵梯，落到誰人手上？去大廈查一查，是哪間公司負責拆除，兩者一核對就明白啦。」

「嘩，你阿哥——」童星五體投地，「他的志願到底是什麼？」

「閒人一個，他的志願是做個平凡快活人。」

「這麼本事的一個人，恐怕很難平凡地過一生。」

「我全力支持他。」阿寶說，「可是，這麼大動作來整治一個人，簡直媲美國際大陰謀，令人不寒而慄。恐怕誰也不能過好日子。」

童星挨後，靠在椅背上，面容一下子變得嚴肅。他百分百認同。

「童Sir。」

「嗯？」

「阿哥說……」阿寶語調鄭重，「你千萬要小心，如果力有不逮，就掉頭走。」

「這麼嚴重？」

「是非常超級嚴重，他說，上帝震怒了，地球正在燃燒。」

「咁科學竟然迷信？」

「童 Sir 你 out 了！信仰和科學是衝突的講法唔興好耐！」

「哼！」

童星只管哼，髮尾卻是涼颼颼。

阿寶喝盡鹹檸七，瞪住童星，認真道：「還有，你一定超高興。從此以後，我會在你面前消失；阿哥對我發出禁足令。」

13

「這個人，你的恩人，」Victoria 換了一個姿勢，用手托腮，眼神飄忽，「即使不在人世，也有一些值得記念的東西留作回憶吧，例如送給你的禮物。」

「是有一樣，一對耳環。現在只剩下一隻。」

「為什麼？」

「艱難的日子，賣掉了一隻，捨不得的，情非得已。」

「不可以向恩人求救嗎？如果他知道你要賣耳環，肯定會出手。」

「我沒有求他，人貴自立。」

「是嗎？不是應該彼此守望相助？」

「Victoria，在愛你的人，或者你愛的人面前更要保持尊嚴。守望相助呢，確是隨時都需要……」

「那麼你願意守望我嗎？」Victoria 隨即說。

楊念葵一笑，「你知道我願意，只是，恐怕我們對於守望相助的理解有落差。」

Victoria 直起身子，溫柔的一笑：「我應該糾正，是幫忙，我有什麼資格要你守望呢？幫我一個忙，好嗎？」

「你說。」

「我想瞧一瞧剩下的一隻耳環。」

「吓！」

「耳環，或者叫玉環。」

終於，楊念葵弄懂 Victoria 的來意了。

——又是玉環！

「為什麼？」

「好奇呢，不可以嗎？」

「有點強人所難。」

氣氛頓形尷尬。

不過，Victoria 耐心等候，她了解楊念葵的個性。而終於，楊念葵拿過拐杖，慢慢站起來。

Victoria 竊喜。

楊念葵一步一步走入房間——

等候的時間特別漫長。Victoria 站起身，伸懶腰。她走過去和史賓莎攀談。

「史賓莎，很羨慕你呢，好食好住。」

史賓莎不置可否，畢竟是客人。史賓莎只好一笑，別過面去。

「你不喜歡我的直率？」

史賓莎望向主人房。

（救命！你快出來！）

史賓莎快要爆炸了。

幸好，Victoria 再要説話時，楊念葵拿着一個盒子從房間走出來了，成功轉移 Victoria 視線。

她快快走過去，扶楊念葵坐下。

「慢慢走！」顯得非常殷勤。

盒子內，一隻小巧的絲絨袋，楊念葵解開索帶，小心倒出玉環。

玉環翠綠通透，式樣也簡單，玉環中間鑲了一朵五瓣金花，環邊四個金銜把玉環勾住，上方一個鏈咀，成為鏈墜。

「我喜歡從前耳環的樣式，更別致。只剩一隻，只好改為鏈墜。有一段日子，還經常戴在身上。」

楊念葵把玉環遞給 Victoria。

Victoria 接過，眼睛瞪大。

——這塊，就是傳説中的神奇玉環，終於見識了。

她撫摸着，愛不釋手。

「經常戴在身上時，是不是帶來好運？」

「我倒沒有留意。會嗎？」

「姐，你沒有佩戴，所以遭此橫禍。」

「福兮禍所依。」楊念葵抬頭望一眼史賓莎，道：「我這一生，只有感恩。」

不管楊念葵説什麼，現在的 Victoria 都聽不入耳；她的靈魂已給眼前的玉環俘虜了。

「你知道我現在的情況，這塊玉借給我吧！」

「什麼？」一時間，楊念葵並不會意過來。

「或者，這塊玉環能帶給我好運。」

「怎麼會？你竟然迷信到這個程度！」

「既然你不迷信，這塊玉環對你來説毫無用處，借給我也對你沒有任何損失。」

「這是什麼歪理？」楊念葵皺眉，眼前，是一個她不再理解的 Victoria。

「不用很久的，一個月！不，三個月！我一定還你！」

「我不借。」

「為什麼？」Victoria 站起身，玉環緊握手中。

「不借就是不借，無需理由。」

Victoria 全身僵硬，說：「你竟然見死不救。」

楊念葵冷冷的說：「把玉環放下。」

Victoria 搖頭，「不，我……」

這個時候，Victoria 注意到，史賓莎一步一步走過來，戒備的眼神，露出隨時預備攻擊的身體語言。

Victoria 害怕，望一望楊念葵，楊念葵一面怒容，對史賓莎的行為視而不見。

Victoria 掙扎一番，最後，忽然將玉環拋向沙發，拿起手袋，衝向門口。楊念葵一直不發一言。

Victoria 穿好鞋，打開門，又衝回來。一手攫起小几上的曲奇，高舉在手。

「這個，我拿回家吃！」Victoria 冷冷的說。

「嘭——」

大力關上門。

14

香港電台晚間新聞

一名女子懷疑食物中毒，二十號晚上自行往急症室求診，期間曾送入深切治療部，延至三十號不治。死者求診時透露，求診前曾吃過數塊曲奇，警方聯同衛生署到醫院作例行調查。

詳細新聞內容：

死者為一名獨居的三十八歲女子，姓鍾，洋名 Victoria。據悉，生前從事金融行業，近年投資失利，並且破產，經濟狀況轉差，近年遷入秀茂坪新建的公共屋邨，身心被受困擾。

星期二，死者原本約了銀行債務重組職員，死者沒有出現。銀行職員透過多種渠道嘗試接觸 Victoria，都不得要領。經與銀行經理商討，決定報警。最後在入院記錄中核對出 Victoria。因為 Victoria 破產，一度被懷疑自殺。隨後警方排除了這個可能性。

警方透露，Victoria 出現嘔瀉現象，經過化驗，院方仍未能確定毒性，因此亦延誤醫治。由中毒至死亡，相隔了十天時間之久，很難判斷中毒源頭，屬單一食材中毒，抑或複合性中毒。無論如何，衛生署提醒市民，不要隨便食用在坊間購買回來、不明來源的食物，或者沒有成分標籤的食物。

15

楊念葵出資，幫 Victoria 解決債務，並且要求婦女協會以協會名義，為 Victoria 舉行喪禮，所有費用，全部由楊念葵負擔。

楊念葵從火葬場回來。自責夾雜疑問，不斷撞擊着她，毫不休止。

計程車廂內，空氣非常稀薄，似在棺材中的呼吸困難。

「我在這兒下車。」她對司機說。

離家還有兩個街口，有十五分鐘的路程。她非常疲憊，步伐沉重，但總算吸到一口新鮮的空氣。

——秋涼了。

楊念葵拉緊披肩。

咻——咻——

牆上的街招聞風起舞。

一排熟悉的店鋪。義大利服裝店、高級糧食店……

腳步蹣跚，踩到一張散落在地上的街招。街招就在她剛路過的小食亭飄落。

小食亭人去樓空。

楊念葵沒有費力望一眼。

小店開張，小店倒閉，並不會引起楊念葵的注意，她甚至不知道，小店的曲奇，曾經放到她家的小几上。

她只想快點回家，請史賓莎好好的給她按摩。

第三章　椿山莊的決定

1

「這陣子，你待在什麼地方？」

「在深圳，大灣區呀。」稱為良的慣犯答。

「大灣區有什麼門路，值得你久待？」

「黑路白路窄路寬路，你想走什麼路就走什麼路。阿Sir，如果你想離開警隊走路，我可以搭路。」

童星説：「我會認真考慮。你先幫我忙。」

然後，打開檔案，把裏頭一張A4紙抽出來，給良看。

隔着桌子，隔着太陽鏡，良瞄一瞄A4紙，一張照片影印本。

「嗯？」

坐直了身子，並且，他終於將手從口袋伸出來，拿起影印紙審視。

過一會，誇張的笑。

嗬——嗬——

「不過一年的時間，我竟然蒼老了。都不認得自己了，真有你的。」

「我當然認得你，每一個慣犯，我都把他深印在腦海，久不久拿出來研判一下。」

「阿Sir，這照片，打從哪兒來？」

「這兒，只有我問問題的份兒。」

「好，好。」良身子挨後，重新雙手插袋。

「照片是在濟州島拍攝的，對吧？一次得獎旅行。」

「對。」

「去完旅行，你上了深圳。兩者之間，有沒有關係？」

「覺得唔對路嘛！六合彩都未中過大獎，無啦啦中獎去旅行。如果，萬一發生什麼事，第一個受懷疑的一定是我，對吧。咦，阿Sir，真的『好嘅唔靈醜嘅靈』？咩事啫？」

「都話唔輪到你問咯。」

不過，如果不透露半點風聲，很難叫良和他合作。

童星不誑話，他對每個慣犯都瞭如指掌。良做壞事有底線，對手足有義氣。

童星妥協，說：「兩死一傷。」

「嘩，『咁大劑』？」良摘下太陽鏡。

「兩死一傷──那個？──什麼名字呢？呀，記起了，是范冰冰，或者李冰冰，有沒有死？」

「誰？」童星不明所以。

「擁有神奇玉環，傳說中的人物。」

「她大命，兩次避開死神，受傷的是她。」

「哦！」良再次拿起照片副本，仔細打量，又問：「阿Sir，你要我如何幫忙，只管開聲。」

2

「史賓莎，記得 Victoria 來訪時，跟我說的話嗎？」

（我那會留神她的話，只記得她把送人的曲奇收回。）

楊念葵沒等候史賓莎的回答，又問：「史賓莎，你有戀愛經驗嗎？」

（吓！）

楊念葵也覺得自己問得離譜，「噗哧」一聲笑出來，摸一摸史賓莎的頭，說：「對不起，你一定一頭霧水：『故事帶出姐的初戀，我彷佛偷看了姐的秘密』。她當時是這樣說的。是的，她提及我的初戀。當真是一個秘密，不過，她以為偷看了。其實，我的初戀，從來沒有人知道，我也沒有跟任何人提起。今天，我說給你聽，可好？」

（你要講，我豈不洗耳恭聽。）

3

煞科的慶功宴用盛冶萍的名義舉行。全戲班上下，台前台後都給邀請了。就在書局街的一個酒樓，酒樓階梯前面，《春花笑六郎》煞科宴的牌子放在正中央，這樣一來，散客都識趣不來了，這等同包場。安排的工夫全部由江明初負責，他是盛冶萍的貼身跟班，二十歲出頭，英俊，外表純純，其實精明能幹，只見他在場內走上走落，作最後檢查，然後走去角落打電話，吩咐司機去接盛冶萍。「告訴盛先生，劇團的人到齊了。」

盛冶萍在十五分鐘後抵達，馬上，場內安靜下來，班主帶頭走過來打招呼，然後劇團的六柱、即旦、生角陸續走了過來。盛冶萍高頭大馬，給各人簇擁着，依然顯眼。他溫和的寒暄，是真心想幫忙的，他叫得出每個人的藝名，特別跟「蝦哥」拉一拉手，弄得蝦哥眼睛都紅了。

八十年代初，粵劇的盛況不再，得想想辦法。

待各人大獻殷勤完畢，江明初把老闆「救」出來，領去主家席。

主家席坐着的客人立時全部站起來。班主跟了過來，介紹其中的幾個。葉紹德是新進的編劇，劉月峰則見過幾趟，自從名戲曲家李少芸去世，劉月峰忙得發暈，但領取的薪金不多，這一行，要計排序。江明初特別安排他們坐主家席——編劇不善應酬，嘴緊，老闆就是喜歡這一類人陪坐晚膳。

盛冶萍坐下，喝了一口江明初帶來的陳皮普洱，抬起頭，用精準的眼光，掃視會場。

「嗯？」

不見他心目中的人！

不放心，舉目再看的時候，但聽得耳邊有人喊一聲，「盛先生」，然後坐下。

劇團的正印，唱「紅腔」，江明初竟然安排她坐在盛冶萍的右邊。

盛冶萍納罕。

幸好對方入世頗深，只是笑盈盈的坐着，安靜閒暇的得體。

這正印跟盛冶萍曾有一段霧水姻緣，在盛冶萍的原配病逝之後。正印原以為會嫁入豪門，待發現不可能時，二人的往來便無疾而終。

當然不可能了，盛氏家世顯赫，祖上在清朝是一夥左右朝野的閃爍巨星。來到盛治萍這一代，孫輩還在各個界別運籌帷幄，盛治萍算低調了，但血液流傳下來的，那股要改變世界的動力依舊活躍，他本來是「承」字輩的，卻自行改名「治萍」，以祖上合併兩條重要鐵路、成立「治萍公司」作砥礪，志氣着實不少。

婚姻永遠用作籌碼！

當然，鐵漢總有柔情的一面，江明初自作主張選了老闆的舊情人。多聰明！既依稀又依戀。

新知舊雨陪伴，這一頓飯，吃得暢快，也帶點遺憾。

——她在哪？餓嗎？

席散，車來接。

轉了一個街角，雨，開始淅瀝呢！盛治萍叫慢駛，隔着窗看街景，到了一幢唐樓，仔細瞧，見其中一個單位亮着燈，窗上貼的紙牌是「汕頭粵劇同鄉會」。心頭一緊，嘴角卻綻出微笑；無法解釋的，有一個孩子，總是叫他的心感到溫暖。

「阿江，去買碗雲吞麪。」

江明初愕然，「盛先生不飽？」

只見盛冶萍的目光仍然凝住在樓上一個亮着的窗口，便乖巧地下車去了。

楊念葵在同鄉會內整理戲衣箱。

把樂器抹拭，按分類放到一處。刀槍棍棒擦去灰塵，用原來的保護套包裹好。又把旗、水髮等道具放入衣箱。腰板都不能伸直了，抬頭，牆上大鐘説，十時都快走完了。

——慶功宴完了沒有？

原以為可以去大吃一頓，班主卻吩咐她先收拾後才來。

——他以為是簡單不過的工夫！

沒法了，楊念葵初中畢業，才剛入行，連戲名都未有，雜務不歸她又歸誰？她很希望有誰會給她帶來慶功宴的殘羹冷菜，而這樣想着的時候，門鈴響動。

打開門……

「雲吞麪。」江明初高舉手上的外賣，笑盈盈的。「盛先生買給你的。」

「盛先生真好。」

楊念葵很高興，接過雲吞麪坐到一邊，打開來吃。

江明初關門，身後聽見楊念葵「嚐」着麪條問：「盛先生呢？」

「走了。」江明初答。

從雲吞麪舖出來，老闆的平治已在黑夜裏消失——不過，江明初口裏這麼說，腳卻邁步往窗邊，透過窗縫往下探望。黑色的平治又在下面出現，呆若木雞，任由雨打，而雨勢比前更猛。

「怎麼搞的？」江明初不喜歡「摸不透老闆」心意的感覺，內心彷徨，很不篤定。

「走了——就奇。」

「江哥真風趣。」

「開車。」江明初下車後，盛冶萍吩咐。

車子向前馳駛，雨聲愈來愈響，水潑開始和雨滴競賽速度。盛冶萍看得心煩，終於說：「回頭吧，停在阿江落車的地方。」

車子回到原處，過了十五分鐘，盛冶萍問：「車上有沒有雨傘？」

司機答有。

「大雨傘？」又問。

司機確認是大雨傘，是手柄木紋的日本貨，伊藤博文的內孫送贈的那一把。

「待會阿江下樓，你去把雨傘給他。」

司機猶疑，不敢說三道四的他，硬着頭皮說：「只有這把。」

「沒關係。」

又等了差不多三十分鐘，上面的窗子全關了，燈逐一熄滅，整個單位陷入漆黑中。

俄而，兩個人影在樓梯底出現，弓起身子一同藏到一把女裝小雨傘內，急步向前。

「喂——」盛治萍焦急。

司機馬上帶着雨傘撲下車。由於角度關係，盛治萍看不見街上各人。然而，過一會，有人敲車窗。

楊念葵！

拿着特大的雨傘，被雨打得搖晃。盛治萍攪下車窗。

「盛先生，我不需要傘，我有。你需要。」隔着雨，楊念葵大聲説，又補一句，「快關窗。」

盛治萍完全弄不懂這戲碼，只見三個年輕人在馬路邊爭議，衣衫盡濕，而江明初濕的最厲害。

弄巧反拙！

盛治萍苦笑。

俄而，江明初和司機都回到車上；連帶那把名貴的雨傘。楊念葵再度敲窗，示意不要開窗，用手勢説雲吞麵好吃，一再多謝。然後，那個女孩拿着小雨傘飄搖向前。

待楊念葵在視線消失之後，盛冶萍用冷靜的語調向前座說：「下車。」

「吓？」

「你把座椅弄髒了。」盛冶萍說。

嘭——

胡——

江明初看着平治在雨中揚長而去，搔頭；他從未見過這樣無情的盛冶萍。

中秋佳節快到，盛冶萍往日本，丟下一個任務給江明初。江明初很喜歡這個任務。

他走進金舖，取出劇團的名單——

老闆要送禮。

劇團上下人等都有，又分了等級和男女，只有一個與別不同。

終於知道老闆的心意！比在地上拾到金磚更高興。

最低級的是銀手鐲，最高級的是玉指環，而另一款——老闆用他的專用墨水筆素描了圖樣。

「不要弄錯了式樣和數量。」江明初跟金鋪大掌櫃說。

「使得。」金鋪大掌櫃回道。

江明初認為，這一年的中秋，劇團應該過得十分愉快。而果然，八月十五，天際無雲，月亮又大又圓。

江明初沒想到，離開時，被剛要去金鋪的劇團正印花旦看見！

中秋剛過，江明初收到楊念葵電話。

「江哥，出來一趟。」江明初竊喜，收到特別的禮物，這女孩明白了。

「好，我上來找你。」江明初說。

「不，不。」電話的另一端卻急急搶白。

江明初轉念，道：「去你家，在哪？」

都不好，最後約了在北角圖書館，楊念葵經常去借圖書。

江明初幾乎找不到楊念葵，以為弄錯了地方，卻原來換了打扮呢。最顯眼是剪了短髮，而不是平時的孖辮子。

江明初暗笑，趨前打招呼。

「坐。」楊念葵拍拍身邊畫了大蘋果的小櫈。

「我又不是小孩！」江明初心裏嘀咕。「我帶你去喝杯茶吧！」

楊念葵卻搖頭，伸手拉住江明初的衣角。

兩個大人佔了一張小圓桌。

「盛先生回來了沒有？」

江明初説未。

「那就好了。」

江明初不明所以。

「你擺烏龍呀。」楊念葵少有的嬌嗔。

「什麼？」江明初一頭霧水。

這個時候，楊念葵從背囊拿出一個脹起的信封——她一直緊抱背囊呢——把信封遞給江明初。

「喏，拿回去。」

江明初完全弄不懂，楊念葵索性把信封塞進江明初手裏。江明初掀開封舌，見到印有「福」字的手飾絨盒。

「這——」

「你弄錯了，這是耳環，很貴重的耳環。」

「你——怎知道是弄錯？」江明初皺眉。

「一看就知道啦！迎月那日你來派禮物，你前腳一走，個個都興高采烈拆禮物。我都見到了，同級別的女劇員，通通都是銀手鐲。」

「你——沒有發現……」

「沒有即時發現你弄錯，我拿回家，放到一旁。幸好給我拿了，換了另一個人，不肯拿出來也說不定。你跟盛先生就難交代了。」

「這樣一來——真的難交代了。」江明初沉吟。

「你如何謝我？給回你啦。快把事情弄回原位。你不知道，卿姐這幾天的面色有多難看。」

「卿姐？」

說的是正印旦角。

「她有風度，沒有即時拆禮物。不過，任誰都猜想，盛先生送她的，應是最名貴吧！文武生收的是玉指環。」

——原來她以為耳環是正印的禮物！

江明初雙手握住信封，低頭不語。

「喂！」

「嗯？」

「銀手鐲，我有份的，跟卿姐換回之後，要補給我。」

她並不知道，正印卿姐收的是金手鐲。正印面黑不為這個。

楊念葵這麼一說，江明初忽然來了靈感。

「這不好辦，很劣拙。」

「怎麼說？」

「閣下大禍，需得盛先生出面擺平。我們不夠資格。」

「不過，這樣一來，不是給盛先生知道你辦事不力？」

「這個不重要，最要緊是盛先生高興。」

楊念葵想想也是。

「那該怎麼辦？」

「你親自交回給盛先生。」

楊念葵不解。

「這——好嗎？」

「最好。」

「等到他從日本回來？」

「是，我給你地址，去總公司，你登門拜訪。」

「什麼？不好吧！」楊念葵瞪大眼。

「你要不要銀手鐲？」

「要！」楊念葵一手搶回信封。

盛冶萍的日本之行，似乎有重大收穫，十分忙碌，要到下一個工作天，江明初才見到老闆，並且直至黃昏，才輪到江明初進入盛冶萍的辦公室作匯報。江明初特意將劇團在中秋送禮一事放到最後。

「楊念葵小姐說要來拜候你。」江明初恭敬的說，以後，要尊稱「楊小姐」了。

「咦？」盛冶萍等江明初說下去。

「她說要退回耳環。」

盛冶萍一愕。「為什麼？」

「她以為耳環不是送她的，見其他同級的劇員收的是銀手鐲。認為我弄錯了。」

盛冶萍不高興。

——這孩子忒傻了。

「如果認為是弄錯了，把耳環退回就是了，特地來找我幹嗎？」語氣非常冷淡。

江明初沒想到老闆那麼介意，不知如何是好，身子僵硬一會後，吐出一句：「她想要銀手鐲。」

「想要銀手鐲——」

盛冶萍回味這句話，忽然哈哈大笑。

「竟然這麼單純！」笑了一輪，說：「你安排吧！」

江明初鬆一口氣。

「這個星期六，在頂樓吃早餐。好嗎？」江明初一早已想好了。

盛冶萍連說了幾聲「好」，非常滿意。

快要離去時，江明初又報告：「盛先生，卿姐收到禮物之後，好像悶悶不樂。」

「哦！」沒有特別反應，埋首工作。

江明初出去了。

到了約定的日子，楊念葵依着地址找去，不到八時，已經抵達盛冶萍的公司。還以為來得早，卻見江明初已在入口處等候。

「我們劇團人都知道這個地方，不用特別來接。我是第一個來參觀？」

——就是怕你胡亂走動。

「我來領路。」

江明初邁開腳步，領着楊念葵直走去升降機大堂。

升降機門敞開着，二人走進去，穿着制服的操作員不用吩咐已按九字。

樓高九層，全座商廈都是盛氏實業的。一樓是禮堂，二樓至八樓是辦公室，而任何人，都不能進出九樓，除非有盛冶萍的指示。

升降機抵達九樓，門開啟了，但見一個間隔相對較疏落的寫字樓。楊念葵倒不覺得有什麼特別之處，不過因為空無一人，回音很大。

「往前走。」

江明初帶着楊念葵穿過通道，兩邊的房門都關閉着，來到通道的盡頭，正面擋着的，是一扇雕花趟門，江明初拉開趟門。

嘰——

「你進去稍等，我請盛先生上來。」

「還要等？直接帶我去見盛先生不就好嗎？我放下耳環就走。」楊念葵拍一拍背囊。

「可沒有那麼容易！你進去看看，一定心花怒放。盛先生請吃早餐。」

「什麼？」楊念葵往房間探頭，江明初已經走了。

楊念葵小心翼翼，慢慢踏進去。

很氣派的飯廳呢！巨大的長餐桌放在正中央，給絲絨包着的高椅子團團圍住，天花板一盞紅蠟燭飾樣的水晶燈，牆上排列滿滿的照片，全是盛冶萍跟世界各地商界、政要人士的合照。然後，視線落到餐桌上。餐桌的左上角——

「嘩！」楊念葵搗嘴。「這叫做早餐？不是給我吃的吧？」

桌上放了不下十款菜餚，一是用小火爐慢燙，一是用蒸籠盛着。盛冶萍祖籍江蘇，可能是江蘇菜，但顯然不是家常菜。楊念葵只認得水晶蝦仁、桂花糕、冬筍燒肉，其他的，叫不出名堂。蒸籠裏面，估計有小籠包。

楊念葵很想吃，不過，覺得還是打退堂鼓為妙。

——要放下耳環？不過，這麼貴重，當面奉還比較妥當。

不禁責怪江明初丟下她一個人。正自掙扎，盛冶萍走進來了。

「你來啦！」盛冶萍說，輕拍楊念葵的肩膀。

「盛先生早晨。」楊念葵仰面打招呼。盛冶萍比她高出一個頭也不止。想逃走已經來不及。

盛冶萍拉開最左邊的餐椅，示意楊念葵坐。

「不，我要走了。」

盛冶萍卻依然扶着椅子，楊念葵只得走過去坐下。盛冶萍這才走去坐到主家的位置。與楊念葵成斜角，隔了兩個位置。

「你好嗎，好久不見了。」盛冶萍問，直楞楞的望住楊念葵。

「好——」

「有沒有冷病？上次，硬是不要雨傘。」

「沒有——盛先生，我想還你……」

「來，吃完早餐再說。」

沒有服務生進場。盛冶萍打開蓋子，逐一介紹，除了楊念葵認得的，還有三味湯圓、大煮干絲，揭開蒸籠蓋，説是蟹黃湯包，不是小籠包，接着是翡翠燒賣和鴨血粉絲湯等等。

「鴨血粉絲湯要先吃。」盛冶萍説時，拿起盛冶萍前面的小碗，動作有點笨拙。

嚇得楊念葵趕忙説：「讓我來。」接過開桌的工夫。

盛冶萍立時放下湯勺，任由楊念葵忙碌。早餐就這樣吃開了。

楊念葵從來未吃過這樣排場又美味的早餐，但見盛冶萍也吃得專心，戒備之心減退，代之而起的是感恩。便道：「江蘇菜真好吃。」

「盡情吃，吃多點。你們的粵菜就是膩。」

「大清早哪來這麼多江蘇菜？」

「我家廚子弄的，日本菜是好，卻不合脾胃。飛回香港時，在飛機上已掛念着。」

「我真有口福，吃得到盛先生廚子給你弄的早餐。」

「平常日子，我吃簡單，兩三口塞肉油包，或者百頁包肉。」

「原來如此。也是的，天天這麼弄，豈不是很費神。」

「對，十分費神。是特別給你弄的。」

「給我弄的——」楊念葵有點兒不自在，呆在那兒。

盛冶萍把一口翡翠燒賣夾到楊念葵碗裏，認真的又説一遍：「特別給你弄的。」

楊念葵放下筷子，坐直身子，正視盛冶萍，説：「盛先生。我來歸還耳環。那天我回家打開禮物一看，是很漂亮的翡翠玉環耳環。不是銀手鐲，這個烏龍擺得可夠大！」

説時，從背囊取出那隻裝有耳環的錦盒，放到桌上。

盛冶萍一直不作聲，默默看着楊念葵的動作。過了一會才説話。

「既然到了你手，只管要了吧，何必換來換去。」

「哪有這個道理！」

「你有認真看過耳環嗎？」

「看過一次。」

「即是沒有認真看。覺得不是自己的物件吧！現在拿出來，認真看。」

楊念葵只得把耳環取出來。

她記得是鑲了白金的玉環，樣式倒沒有十分留神。

今番定睛來瞧，方留意到，通透的玉環，上方縷了白金鏈，長長的用以垂吊玉環，幼幼的白金，竟然細緻的縷出葉莖的紋理，玉環底部，向上方托出幾片葉。葉的形狀——整枝耳環的造型——

是葵葉！

楊念葵抬頭，驚訝得說不出話來。

「明白了，要不要？」盛冶萍問。

楊念葵漲紅了臉，一味搖頭，說：「我住徙置區，沒地方放。」

「送出去的東西，我不收回。你不要，也沒禮貌。這樣吧，我幫你保管，你要的時候，隨時找我。」

跟着盛冶萍低着頭，繼續吃早餐。再沒有理會楊念葵。

步出盛氏大廈時，楊念葵心頭還「咚咚」地跳，雙腳發抖。用手按着通紅的面頰。

「噯——」

過了一段日子，劇團往新加坡演出。楊念葵在《春草闖堂》和《夜戰馬超》都派了小腳色，起藝名「豆豆」。演出地點不在新落成的「敦煌劇坊」，依舊在燈光和音響都落後的「牛車水人民劇場」，跑龍套的都借住在主辦單位「人民協會」的員工宿舍，方便打點戲服等物。當然，正印文武生又另住一處。

到了最後一天，班主帶楊念葵去他落腳的旅館喝下午茶。單刀直入的叫楊念葵留在新加坡。

「我已拜託這邊一個新劇團的領導照應，你可以繼續住協會宿舍。」

「什麼？」楊念葵嚇了一跳。

事出突然。而根據這個星期逗留的觀察，新加坡的粵劇比香港更要努力；說好聽是方興未艾，說難聽的還是在摸着石頭過河。追問原因，班主說想幫楊念葵出頭。

「在香港難出頭，在這兒你機會大許多。」

「在香港有你扶持都出不了頭，在這兒就更難了。」

班主換了一個説法：「新劇團找到資助，會大力發展。」

「有贊助？那豈不是業餘的劇團！」

楊念葵更不開心，想着想着，眼淚快要掉下來了。

「我不要留下。」

「你跟劇團簽了死約，我説什麼就是什麼。」

「合約有讓你把我賣給人嗎？」

班主生氣，説：「我沒有賣你，我要全部負責你的生活費。」

——原來這樣，這又何苦呢？

楊念葵突然想起當家花旦。

楊念葵囁嚅：「到底為什麼？我得罪了誰？卿姐？」

「咦，你竟然知道！知道就不要去得罪她。」

「我去向她道歉。」

「道什麼歉，十足的傻子，你知道得罪她什麼？」

「我不知道。」

「就說你傻。」

「是關於盛冶萍先生？」

「又關盛冶萍先生什麼事？」

——猜錯了？

「她說你手腳不乾淨。」班主說。

楊念葵瞪大眼。

班主續說：「她訂製了一對耳環，取貨後去同鄉會排戲，當天就不見了。後來，她在街上碰見你，你戴了她訂製的耳環。『不會弄錯的，式樣是我自己設計的，獨一無二。』卿姐說。」

楊念葵驚恐得說不出話。

——可以這樣編造一個故事！

受了莫大委屈的楊念葵，於大庭廣眾，哭出來了。

「別哭，你是個憨直的孩子，我相信你沒有偷沒有搶。」

「你相信我為什麼不幫我辯護？」楊念葵抬起淚眼。

「她威脅要轉劇團。」

楊念葵抽搐着，說：「我返香港履行合約。」

「你沒有回程機票，其他人都走了。」

楊念葵明明白白被出賣了。

班主於心不忍，安慰她：「編劇缺人，不如你利用這空檔創作新劇目。寄回香港，我盡量修改使用。」

算是給楊念葵一條出路。

4

良將濟州島聽回來的故事，扼要複述一次給童星聽，並且記錄在案。

「這就奇了。」童星說：「隔了那麼久，你說的好像昨天才發生。」

「童 Sir 你貴庚？」

「又關事？」

「你太年輕不知道，這是一個騙子經常使用老掉牙的故事，就像現在的電話騙案套路。故事一樣，換個地點和名字。」

「所以，你一聽就知道是假的。」

「對。我以為是老千局，當然我錯了。」

童星思索。

良再次拿起副本研究，然後說：「線索要落在這兩個人身上。」

指的是在照片中出現的經理和一名男子。

「你認為？」

「一個是主謀，一個是幫兇。」

「不一定是主謀，主謀多半不露面。」童星回應。

說了又後悔；他不喜歡自己跟良有商有量的態度，暗暗生氣。

良倒不理會，只道：「什麼也好，總之棘手。動機不明。這兩個人又生面，童Sir你努力啦！」

「你有多一點資料提供嗎？有沒有姓名？」

「怎會記得！即使知道，也是『流』的吧！」

——這就是大海撈針。

童星暗忖。

「我走啦。」

良走後，童星決定將二人的圖樣上載到通緝欄。

童星見《警訊》久久沒有聯絡他，便叫太健去打聽。太健回報說，兩個疑犯的資料根本沒有出過警署門口。

「給老頂攔下了！」太健攤攤手。

「竟然……」

童星望向總警司的房間，總警司正好也透過玻璃門望向他。童星馬上收回視線。

他跟上司沒有兩句，從來都是彼此迴避。

童星發訊息前老闆：「今晚視像通話。」

對方說正有此意。

當晚，童星將過去一段時間發生的事、調查結果向居巽圓交代，居巽圓就說不尋常。

「有點兩頭不到岸的感覺。」

「明白，或許是時候將調查擱下。」居巽圓說。

童星想不到她會這麼說，婚姻原來可以徹底改變一個人嗎？居巽圓搖頭。

「一來要低調，二來要轉換調查的方向。」居巽圓解釋。

「不低調也不行，桌上的那個檔案，已被新的壓到最底；真是低無可低。」童星又問：「什麼新方向？」

「重點了！」居巽圓在小屏幕上一笑，「你聽過盛冶萍的大名嗎？」

童星說他沒有聽聞。

「所以說，為什麼香港的學生不用讀近代史。」

「巽圓姐，不要借機奚落香港的教育制度吧。」童星苦笑：「我不過是無關痛癢的受害人。」

「不廢話了，總之，將調查方向轉去盛冶萍。」

「好的。」童星非常順從。

「盛冶萍是政商界猛人。」居巽圓補充。

「政商界猛人？猛過誠哥？」

「誠哥是紅人。」

童星咀嚼「猛人」和「紅人」的分別，居巽圓又說：「他也是楊念葵的恩人，楊念葵曾在盛氏實業待過一段時間。」

「原來如此。去哪兒找這個『盛野瓶』？」

居巽圓沒好氣道：「冶金的冶，浮萍的萍。不過他死了。」

「不是又給人殺害吧！」

「不是，早幾年病逝。」

「那麼，我應該循哪個方向調查？」

「日本。大概十年前，日本外務省請他過去，幫忙開設金融投資銀行。」

「嘩，我明白什麼叫做猛了。不過為什麼是外務省？」

「日本政商朝野的關係千絲萬縷，外人無法理解。」

「好。不怕有心人。日本，我來了。」童星摩拳擦掌。

「如果上頭叫停，你就聽話停止，知道嗎？」

「巽圓姐，滑頭這把戲，我還要人教？」

居巽圓一笑，問：「還有什麼可以幫忙？」

「有。」童星說。「人類人為行為學家——」

「女孩的哥哥？」

「對。他給我的AI型號，和我從大廈立案法團取得的拆卸公司，竟然是同一個地址，那個地址有多個招牌，大部分是科技研發，或者生命科學之類，奇怪的是，全都結業。那部AI，全港得一部，簡直是天價，現在不知在哪？……」

「我幫你查。」

「謝謝巽圓姐。」

5

（這算初戀？）

「史賓莎，跟你這麼一說，我才發現，說是初戀，一點也不妥當。」

（竟然誤會了二十多年。）

「說是單戀會更貼切。」

（單戀？盛冶萍？）

「當年單戀江明初。不，今天還在單戀。」

（天！原來盛冶萍不是第一男主角。）

「盛冶萍不是第一男主角，江明初才是。」

6

——腰快要斷了。

楊念葵望一眼牆上的掛鐘，已經過了十時。又餓又累……而一陣寒風從窗邊竄入，似快要下雨。此時，有人按門鈴。她從門眼望出去。

——江明初！

楊念葵登時臉紅，心跳加速。

打開門，江明初舉起手上的雲吞麪。

楊念葵接過雲吞麪，坐到一邊，打開外賣碗蓋，甜滋滋的吃；說是盛冶萍請的，卻是眼前這個人巴巴的給她買回來。而且不隨便——這雲吞麪店馳名。

楊念葵裝作若無其事，卻趁江明初踱步窗前時，怔怔的望住對方的背影。

「咦！果然下雨了。」江明初說。

依舊望向街外，又伸手出窗……隨後才掩上窗門，轉身時，碰上楊念葵的眼睛……

楊念葵立刻別過臉去。

她慌忙說：「我有雨傘。」

熄燈，關門。二人走到樓梯底。

「我來拿……」江明初說。把溜到嘴邊的一句「你太矮了」按捺住。

從楊念葵手上取過雨傘，觸碰到她的手背。

雨傘實在太小巧了，遮一個人都勉強。走在行人道上，雨愈下愈綿密。

江明初走得心不在焉。

直往前走？抑或去跟盛冶萍打招呼？因為不知道老闆心意而顯得煩躁。

而楊念葵似乎走進了雨中夢幻的世界裏去了。無法回頭了，原來幸福的滋味是這樣的！

忽然，有人叫住二人。

「阿江，阿江！」

盛治萍的司機！拿着一柄黑雨傘，從後趕上。

「盛先生叫你用這把雨傘。」

江明初不敢接。司機想快步走回車上。楊念葵像給人看穿秘密的尷尬，像要掩飾什麼的，楊念葵一手搶過雨傘，奔向平治，同時提高聲量喊：

「盛先生！盛先生！」

自從知道盛治萍的心意，二十歲還不到的女孩，手足無措之餘，就是一味的迴避着。

更令楊念葵苦惱的是，江明初也疏遠了。

——為什麼，以為我貪愛錢財，抑或我害了他？

幾番在電話機前面徘徊，拿起電話聽筒又放下。逼楊念葵下決心打電話的，是劇團要去新加坡演出，一個堂皇的藉口。

「江哥，有事情拜託，見面好嗎？」告知他新加坡一行之事。

江明初一口答應。

江明初上到同鄉會，又是楊念葵一個人在收拾。

「只有你一個？」

「不是，剛才一大棚人。」

見江明初沒有隔礙，像從前一樣，楊念葵放下心頭大石。

「走，請你吃雲吞麵。」

楊念葵搖頭，「不要破費。」

「一碗雲吞麵有幾破費……」

楊念葵自顧自從布袋抽出一個湖水綠的信封，遞給江明初。

「這是什麼？」

「是給盛先生的心意卡，這卡我親手做的，多謝盛先生請我吃早餐。拜託你幫我交給盛先生。」

江明初大喜過望。

「原來你貪吃，只賞面盛先生的美點。」

——果然是！我牽連他的工作了。

「寫了什麼？」竟然厚着面皮問。

「你幫我看一遍，寫得不好，可以改。」

江明初當真抽出小卡來看。

內容寫得很得體，對盛冶萍流露感戴之情，又表達了像對長輩敬重之意。

最感人的是結束的一段，楊念葵帶英氣的筆觸寫道：「想您知道，我很喜愛那雙耳環，就是太喜愛了，不敢拿回破舊的家。我答應您，會努力向上，勤奮自愛，建立自己的家，好有能力守護您送贈的禮物。這段時間，請您幫我保管。楊念葵上。莫失莫忘。」

江明初合上心意卡，久久不能言語。

「寫得……可以嗎？」

「你——不愧是讀書的好處，我就無法寫出這樣得體的話。」江明初期期艾艾。

忽然，臉紅。

——我竟然想利用她的單純！

楊念葵不知道江明初的念頭，跟着他面紅。

「我不是說門面話，是心底話。」

「你很有志氣。希望你發達，家肥屋潤。」江明初把卡收好，誇張的說。

「嘻！」楊念葵見江明初開心就開心，說：「江哥也要有志氣呢！你有什麼夢想？」

江明初一怔，夢想……

「沒有？我覺得你朝着一個目標前進似的。」

「你知道什麼，不要胡亂猜測。」忽然板起臉孔。

「我說錯什麼？」楊念葵胡塗了。

沒想到，新加坡一行，楊念葵和江明初分隔就是兩年。楊念葵寫信給江明初，告知他自己的際遇；江明初很快回信，令楊念葵得着安慰。彼此書信往還，成了楊念葵在新加坡奮鬥下去的動力。

正如楊念葵的觀察，新加坡的粵劇，只等着政府的接濟，和內地、香港的名劇團巡迴演出撐下去。

獨個兒留在異地，亦只好收拾心情，像班主所言的鑽研劇本。楊念葵生性聰明；她不想走舊路，便拿莎士比亞戲劇，和《一千零一夜》等名著參考，走神功戲的路線，居然給改編成《刁蠻公主戇附馬》、《月宮寶盒》、《賊王子》等創新劇目。班主着人修改採納了。令她樂了半天。

更令她快樂的是，她可以回港了——楊念葵收到班主的信，刻日回港。楊念葵馬上寫信給江明初，又着他打聽緣由。

江明初回信說，盛先生介紹了一個如意郎君給卿姐，是一位喪偶的名醫。卿姐下個月結婚了，名醫的條件是卿姐退出劇團。

楊念葵樂不可支，馬上打聽回港的使費。

愁爆了！還以為可以買點手信回家，結果是連回家的費用都拮据。

幸好，江明初掛來長途電話：「盛先生派我來接你。」

一心要回港的楊念葵，本不想受盛冶萍的恩惠，但也顧不得那麼多。

掛念江明初！

想不到，約定之日，江明初沒有出現。

翌日，楊念葵收到速遞機票，送遞的公司在本地。

沒有人知道，江明初被新加坡海關拒絕入境！

「奇怪？」

不知底蘊的楊念葵，帶着疑惑和不安回港，和家人團聚，又去劇團報到，卻始終沒有江明初的消息。

終於按捺不住，登門拜訪盛冶萍。

此時的盛冶萍，又更上一層樓，地方沒有換，而氣派更逼人。

「你的一張心意卡厲害了。」盛冶萍一見楊念葵就笑説：「我得對你另眼相看。」

楊念葵説：「讓你見笑了！」

「這兩年，沒有給你提供幫助，不會怪我吧！是你説的，要靠自己努力。」

「盛先生做得好。」

引得盛冶萍哈哈大笑。

楊念葵見盛冶萍高興，趁機問道：「江大哥可好，不見他接我呢！」

「他得了重病。」

「什麼？」

「説是家族遺傳的血管疾病，可能坐飛機時引發。他説短時間都不能上班。」

楊念葵的心七上八下，「要不要開口要地址？」正自思量……

盛冶萍説：「先不要理會他，病好了自得回來。我想談談你的前途問題。」

楊念葵想都沒有想過要從商。盛冶萍説的前途問題，是叫她更換行業。他叫楊念葵跟他學做生意。

「我想訓練一個人，專門從事金融業。」

「我哪有這個本事！」

「所以你要退出粵劇界，騰出時間進修。」盛冶萍認真地説。

楊念葵沒有信心，「就是進修，也得有這方面的天分啊！」

盛冶萍卻道：「金融這一行，天分故然重要，但品格更重要。」

「我的品格——」

「你唔貪，卻積極進取。還有一種潛質，等待發揮呢。」

「？」

「在關鍵時刻，改變人心的力量。」

「咁誇張？」楊念葵臉都紅了。

「你回家跟家人商量，再答覆我。」

楊念葵知道已耽誤盛冶萍許多的時間，站起身說：「好」。

依然記掛江明初。臨走時問：「可以去探望江哥嗎？」

盛冶萍卻說：「如果你來學習，自然會碰頭。」

楊念葵更不放心。

「我拜你為師，會不會妨礙江哥？」

盛冶萍大笑：「你真的處處為人着想；不過你未有資格為他着想。而且，他選了往日本。」

——日本？

走回家的路是這樣躑躅。日本太遙遠，太陌生了，楊念葵的心當下往下沉。

一個完全搆不到的地方，那個人飄了過去，我可怎麼辦？

——為什麼這個人，總是捉不住，摸不透？

更令楊念葵心碎的，不久，江明初回鄉探親，並且傳來婚訊。

7

視像通話的時候，居巽圓問童星調查有什麼進展。童星說，因為有居巽圓做指路明燈，有很大進展。

童星說：「我找了一個日本通朋友幫忙，大概了解了八十年代日本發生的事情。」

「八十年代，日本經濟開始起飛。我記得，那個年代，買的是日本電器，看的是日本電視劇。」

「嘻，巽圓姐你很清楚嘛。」

「我是聽爸媽說的，」居巽圓怎會認老，「他們很懷念那段歲月。」

童星適可而止，續道：「在當中，盛冶萍憑他的影響力和國際人脈，居間幫了不少忙。我的日本通朋友說，在日本，盛冶萍是一個響噹噹的名字。」

「日本人表面謙遜，一直以來都是野心勃勃。」

「對，我的日本通朋友……」

「你就打算一直日本通朋友的喚下去？」

「我不想把他牽扯進來。」童星妥協，說：「好啦，我以第一人稱代替他。」

「贊成。」

童星代入他的日本通朋友說：「早在第二次世界大戰未爆發之前，當時的日本首相山縣有朋就說過一句名言：『我國總有一天會和美國爭奪太平洋霸權。』」

「這個想法也從來沒有熄滅，總左右着日本國策吧。」居巽圓看得通透。

童星聳肩。

——管它呢！

對於二十一世紀的年輕人，不覺得有什麼不妥。有能力者居之。

「巽圓姐，你知道我們這一輩廢青聽得最多是什麼？」

「是什麼?」

「『我有一個夢』!且還是阿公阿伯天天喊日日發。」

「這一代的年輕人又確實艱難。」

「我唔覺。唔駛我發夢，唔需要有理想何等逍遙。星爺out咗啦!」

周星馳其中一個電影金句是:一個人沒有理想，和一條鹹魚沒有分別。

「然則，盛冶萍為何偏偏去幫日本人發夢?」

「一字咁淺!孫中山搞革命都搵日本幫忙啦。」

「咁又係。政治家有革命夢，企業家有經濟夢。要實踐夢想就要借一借力，或者相互利用。」

「做人唔可以咁狹窄。」

「是狹隘。」

「俠偽?是但啦!」童星說:「不過，盛冶萍很快便走頭，講好聽的就是功成身退。」

「又為什麼？」

「兩個理由：第一個，日本在起飛的同時，叫醒了美國這個世界霸主；美國成了日本的攔路老虎。」

說得居巽圓不住點頭。

「第二個，日本氣勢十足，但無論如何，都是一個細小的島國。」

「唔——嗯——按你這麼說，日本人活得很不快樂吧。」

童星滴汗。

「巽圓姐，我都活得唔開心，你理得人！」

「咁我哋理唔理楊念葵？」

「唉！如果理到的話！」童星一頓，「盛治萍走了。不過他的得力助手就留了下來。江明初。」

「江明初？」

「對。一個算是英俊的年輕人，我是說當年。巽圓姐，我想做返自己。」

「隨便。」

「我的日本通朋友報料之後，我自己上網找過這個江明初。在盛氏實業的職員名單找到這個人，知道他的相貌。同年代的職員，就有楊念葵。」

「盛治萍、楊念葵、江明初——」居巽圓叨唸。

——有意思！

「江明初以盛氏代表身分留在日本。不過，不到兩年，他就辭任代表。」

「他回港歸隊？」

「相反，江明初自立門戶，成立一家投資公司在日本打天下。」

「不容易吧，你說誰排外都是假，日本人最排外。」

「完全同意。我的日本通朋友也說，近年再也不聽見人提起江明初的投資公司。」

「沒有人提起，不見得他不在日本。你有繼續打聽江明初的下落？」

「沒有，我拜託的事到此為止。我不想他知道案件，預計他更加不想。」

「明白的。」居巽圓說。想一想，又問：「你剛才不是說，調查有進展？」

「對。關鍵的出現，通常是在句號之後。」

「句號之後出現什麼重大突破？」

「我順道關心那日本通朋友，我問他在日本也很難大展拳腳吧。他說，是難，不過也不是沒有辦法，得有耐性和細緻的經營。他沒有這樣的心思耐性。所以，成了半桶水的日本通。」

居巽圓耐心地待童星說下去。

「不過，這世界什麼人都有。他喝一口梅酒，笑一笑說下去：『日本財務大臣快要嫁女了，公佈在十一月的天長節。』迎娶她的，是一位叫片山潛的實業家。這位實業家，據說是華人。這樁婚事還是由內閣官房長官穿針引線。端的厲害。」

「片山潛？」

「對。『這個片山潛，相信財務大臣夫人懷孕時已開始經營這段婚姻吧！』日本通說完了，自顧自笑說得眼淚都流了下來。」

「你叫你的朋友現在開始追求日本公主尚未出世的女兒也不遲。」

「我會的。」

說笑完畢，居巽圓講回認真：「你認為，片山潛是？……」

「Bingo，我猜想片山潛就是江明初。」

「如你所言，江明初年紀也不少，有點不合常理。」

「不合常理的事已經愈來愈多，合乎情理的事買少見少。」

「天長節又是幾時？」

「天長節取天長地久的意思，是日本的法定假期，在十一月三日。」

「距今還有半年呢！」

「這個聯婚非同小可。片山潛已差不多半隻腳踏入日本的政圈。以一個華人來說，真是絕無僅有。查足半年已算事小。」

江明初——片山潛——

童星的推論不無邏輯。

——如果日本要仔細調查江明初的背景，那麼江明初要做什麼？當然是用盡一切方法漂白背景。

接下來的問題就是：江明初有什麼背景需要隱瞞。

居巽圓思量着。

童星說：「如果片山潛就是江明初，就解答不少問題，朦朧的畫面亦明朗化。」

「盛冶萍對江明初的為人、背景知之甚詳，而盛冶萍已經死了。」

「極有可能，這個秘密落到楊念葵手裏。」

「哦？」

居巽圓說：「所以為楊念葵招來殺身之禍。」

「但手腳要做得乾淨，絕不能牽扯到江明初身上。」童星接腔。

「對，不知道是什麼天大秘密，要如此大費周章。」

居巽圓又一次低頭思量。

「直接問楊念葵？……」童星徵詢居巽圓意見。

「啊呀！」居巽圓突然叫出來。

「你想到什麼？」童星問，很少見前老闆張皇失措。

「我有點眉目了。不過，千萬不要給我猜中。」居巽圓神色凝重。

童星不安。

「你不想猜中？不要嚇人……」

「星仔，我查到了AI高端機的下落。」居巽圓突然轉話題。

「查到了？」

居巽圓點頭，「説難不難，説易不易。説難呢，全港只有一部，竟然下落不明，沒有轉銷、註銷、倉庫記錄，只能肯定一點，這部高端機，從未離開過香港。」

「說易呢？」

「嘿！不認不認還須認，擁有這種 AI 技能的，目前也只有美國吧！」

童星一點就明，非常興奮。「任你刪除的紀錄，原廠公司都有。」

「對。」居巽圓續道：「合約非常複雜。總而言之，不要以為，貨物出門，貴客自理；維修、保養、移送等等都要原廠處理。」

「移送到哪？」童星很緊張。

居巽圓不作聲，過一會，問：「你知道了，打算怎樣做？」

「還會怎麼樣！當然立刻申請搜查令，套指模，再順藤摸瓜。嘿嘿，林漢泉的死、Victoria 的死還可以像黑夜裏的黑影一樣了無痕跡？最重要的是，在兇徒再出手對付楊念葵之前逮住他。」

「志氣不少！我告訴你在哪兒吧！」居巽圓淡淡然說：「在中環海旁一座著名大廈。香港人人都知。漏斗形狀的，像酒杯，從前叫威爾斯親王大廈。」

「吓！」

「你只管申請搜查令，我不知道誰有權力批給你。」

8

楊念葵定睛在電視熒幕。

日本財務大臣的掌上明珠三木志茂小姐，被拍攝到與稱為未來夫婿熱門人選的片山潛共賞櫻花。二十九歲的三木志茂，是財務大臣的獨生女。外界一直傳說她患上嚴重的情緒病，最近明顯活潑開朗。三木志茂的閨蜜透露，三木志茂稱讚片山潛像她身旁一棵大樹的可靠溫暖。財務大臣三木竹二在內閣非常有影響力，傳說是首相內定的接班人。

「唔。」

楊念葵移開視線，喝一口茶，坐直身子。她已經不用拐杖。

——片山潛，賞花……

史賓莎正從房間步出。

「史賓莎，那個日本人片山潛，跟我的江哥不相伯仲，都很英俊。當然，片山潛蒼老了，倒更具魅力。」

「喵——」

「我知道你不知我說什麼。我也不知道自己在說什麼。」

忽然，淚水潸然，雙手發抖。

史賓莎走過去，跳上去楊念葵的兩腿。

舔她的淚。

「喵——」

9

盛冶萍從東京的椿山莊走出來。

登上車。

「唉呀——」

一陣酸水從胃部湧上來。

司機從倒後鏡一瞥，十分焦慮。

「先生！」

盛冶萍搖頭，「一會就好。」

——直接回酒店就好。

巨大的精神壓力，引致強烈的胃痛。

盛冶萍想到明天回港，得了安慰。

把身子靠到座椅上，喘一口氣。

「唉——」

司機安下心。

從前來到日本，精神總是煥發的，是他的才華表演場。現在來到日本，只感到體內的靈魂一點點地萎縮！

英雄遲暮的悲哀。

閉上眼睛，剛才在椿山莊開會的一幕，不期然浮現腦海。

椿山莊，可說是日本政權的重心，內閣所有的決定方針，其實都在椿山莊預先確定。

今天的議題是「中國崛起」。

作為日本長年忠實的老朋友，盛治萍被邀請列席。

如果決定走合作路線，盛治萍有不少可被利用的地方。如果決定抵制，盛治萍應該率先知道內幕消息。

決定早已寫在牆上，務實的政治家，除了看風駛悝，還是看風駛悝。

不過，日本的政治非常奇怪，看似選舉輪替，其實代代傳承。主持會議的主席，不是首相或內務大臣，而是從前最高元帥的一位後人。

這位後人，已經兩鬢斑白。

所有人穿西服，只有他穿和服，不動如山的坐在主席位置。

當議決全力配合中國時，主席把一段歷史放上檯面；提醒大家，當年的掌權者，如何不惜一切，鎮壓主義分子。

「不要貪圖經濟發達，毀損祖父輩的豐功偉績。」

室內一片沉寂。沉寂過後，前首相大膽問：「主席的意思是？」

「慎防一切的主義，不管是社會主義、無政府主義。」

太過脱離現實吧！即使任何國家表面上奉行那種主義，骨子裏拜的都是金牛犢。

沒有人敢反駁，內務大臣乖巧地請在座一位著名作家發表意見。日本人對文化人打從心底的尊重。沒想到作家一開腔就説：「危險的思想今天看似一縷輕煙，若置之不理，早晚成為燎原大火。」

然後，大家突然心領神會。

「害蟲還小的時候就要捏死。」

「錯過時機就束手無策。」

附和的聲音此起彼落……

午餐的時候，坐在盛冶萍旁邊，會說普通話的作家，幫盛冶萍的紅豆湯裏加一少撮鹽巴。

「這個，能幫助消化紅豆。」

盛冶萍趕忙道謝。

作家諂媚的說：「以後，拜託盛先生多多幫忙，清除我們的疑慮，好使主席放心，建立兩個合作繁榮圈。」

現在回想，最狡猾是這位日本作家呢！

清除疑慮，從哪兒着手？

——江明初！

盛冶萍第一個想到的，竟然是江明初。

回到酒店，盛冶萍收到江明初的字條。

約見盛冶萍做例行報告。盛冶萍掛電話時，告訴對方胃痛要多休息。

「日本業務，你就看着辦吧！」

江明初關心他的身體。「不礙事？」

盛冶萍着他不必掛念。反而說：「獨自在東京，你也要多出外走動。」

掛線了。不想見江明初！

盛冶萍需要時間對他進行調查。

調查什麼？他懷疑江明初是地下黨員，甚至是特務！

懷疑是從江明初回鄉探親，然後宣告婚訊開始。這之後，江明初工作的態度有了改變！

說不出哪裏改變的改變！回鄉的次數頻繁了，對新婚的人來說可以理解。不過，從來沒有人見過他的妻子。

直至江明初派駐日本，盛冶萍問，要將妻子接去日本嗎？江明初說不必。去了日本，反而不回鄉。及後再問，他竟然說已經離婚，因為聚少離多。盛冶萍吃驚。

他體會到，江明初不知所以然的改變，原來是令人不安的神秘！

地下黨和特務在香港何其多，毋庸大驚小怪。可是，特意放在自己身邊的又當別論。讓自己成為通往日本的一塊跳板更是非同小可！

回港之後，盛冶萍找來可靠的朋友對江明初進行調查。得到的答覆，果然不出他所料——百分百的黨員！還有一次被新加坡拒絕入境的紀錄。至於是否特務，回覆是：不必過問。

不過，朋友又說：我擔心你，所以自作主張多走了一步。

盛冶萍問：「此話何解？」

他的朋友說：「婚姻，是某種人的身分掩護。」

盛冶萍覺得心跳加速。

朋友繼續説下去：「我查過了，你有一個得力助手，説結婚又曾經離婚，在內地根本沒有相關的紀錄。」

説得隱晦，哪一位助手，呼之欲出。

朋友提醒他：「這樣的人，快快擺脱掉。」

盛冶萍驚魂未定，馬上又要想如何全身而退。

思量許久，也想不到一個妥善的解決辦法，而胃更加痛了。

醫生説他並無大礙，就是要放鬆心情。

「當然也要注意飲食，除了吃要定時，」醫生微笑説：「難消化的食物也免，例如紅豆。」

紅豆！

盛冶萍想到辦法了！要好好利用日本作家。

盛冶萍想起自己接受嬰孩洗禮一事。

爸爸在日本經營的時候，認識了一班基督徒。當年在信仰的號召下，這羣基督徒知識分子凝聚一起，共同創辦一個新聞雜誌社。爸爸因為酷愛文化，而跟社裏的人物過從甚密。其後又順理成章帶着全家大小洗禮歸信基督。報社有兩個領導人物，一個是社會主義學者，思想由基督教的人道精神逐漸傾向社會主義。另一個是著名記者，曾參與自由民權運動。

但影響爸爸最深的，還不如社長內村鑑三，他因為拒絕向教育部使用敬語而被撤去高等學校教職。

可以想像，在日本，這樣的報社並沒有存活的空間。

盛冶萍的爸爸，被拜託保存了被扼殺了的報社史料。

盛冶萍預備整理史料，向那位作家透露。

基督徒，有積極參與社會運動的，有不過問政治的，都是出於對信仰教導的不同理解。盛冶萍在整理資料時有非常有趣的發現。

其中有一個記載是關於內村的。當時，有一位社會主義的領袖來找內村，請他出面聯署，請求釋放被捕的會員。內村拒絕了，內村對他們說：「我可以理解你們的心志，然而，基督教和社會主義在本質上是不相容的。」

——原來如此！

盛冶萍把這一節刪掉。

稿件完成之後，他預備了一份厚禮，往往在京都的作者家拜訪，呈上稿件。

「請你幫忙寫作發表。」

「這是？」

「爸爸原來和貴國文化有一段淵源呢！如果你作為社會研究發表了，主席會更器重閣下。」

除了厚禮，盛冶萍還送上稿酬、翻譯和印刷費用。

作家審閱翻譯稿件之後，完全明白盛冶萍的意思。

半年後，盛冶萍收到內務省的消息：他不用再擔任中國和日本的中間人。

「很抱歉，」內務省的官員說，「老師剛剛出了一本新書……原來令先翁曾經和我國的社會主義倡導者交往。」

老師指的就是日本作家。

「太可惜了。」盛冶萍一面無奈，心頭大石卻落下了。

「還有，請你一年內結束日本的生意。」

「真要做到這地步？」

「實在抱歉。」官員汗流滿面。

盛冶萍叫江明初整理業務，逐步退出日本。

一年後，以為江明初會回港的盛冶萍，一天，在桌上發現江明初的辭職信。

辭職信內容大致多謝盛冶萍的提拔和知遇之恩。而經過多年的深耕細作，江明初已經愛上日本，決定留下來。

最後一段寫道：你已知道我是一隻棋子。人在江湖，身不由己。一個忘恩的人，他的信件沒有保存的價值。

——江明初將來如何了？這封信真的要銷毀？

盛冶萍滿心掛慮，久久不能放下辭職信。

江明初，再沒有在盛冶萍面前出現。

10

楊念葵被召到盛冶萍的家。沒有多少職員能去老闆的家。

跟其他盛氏成員不同，盛冶萍沒有法定的繼承人。

那麼，他龐大的財富如果處理？

楊念葵在碩大的書房等候，瀏覽書架上的書籍。藏書豐富得驚人。有一排書全是日文。

日本！

——嗯！

一陣電流掠過心頭。

伸手想取下一本——

呀——

書房門打開，盛冶萍走進來。楊念葵縮回手。

盛冶萍手裏拿着一個首飾盒子。

——呀……耳環？

「盛先生早晨。」

「坐。」

盛冶萍率先在他的英式老爺閱讀椅坐下。楊念葵在他的對面也坐下。

首飾盒在盛冶萍膝上。

楊念葵惴惴不安。

「你喜歡書，這個書房還愜意吧？送給你如何？」

「盛先生不要開玩笑！」

「認真的，今天叫你來就是要分身家。」

「呃——盛先生——」不知如何反應，期期艾艾。

看着日漸蒼老、身體開始佝僂的老闆，一陣難受湧上心頭。

「這個，你先取回去，我保存得太久了。」

楊念葵順從的接過首飾盒，撫摸着。心情複雜。

——那段日子……江明初！

心情說不出的複雜滋味，兩眼通紅了。

盛冶萍似乎理解，又似乎不理解。

「你要學懂控制情緒，有節制，不感情用事，以後的日子，就靠你自己了。」

楊念葵只管搖頭，淚水終於不受控了。

預感着結束的緣分。

盛治萍卻淡然一笑。

「你要相信自己，像我相信你一樣。」

「我沒有本事！」

「過去十年所學的，相信足夠你一生使用。況且，又不是要你管理我的資產。我的資產大部分會送給祖國；另一部分，會成立基金，做慈善和文化投資。至於你，就只有這雙耳環，和這個書房。」

驚訝！

——原來不是開玩笑。

費解得無法答話。

盛治萍解釋：「自立門戶由零開始，如果資金不足，就變賣耳環。至於書房，是我的拜託，我給你的負擔，幫我好好守護，任誰都不可動之分毫。」

「這——不公平嘛——」

「世界哪來的公平。有多愛就有多不公平。」

——竟然出動「愛的武器」！

楊念葵給盛治萍弄笑了，說：「我還是要錢好了。」

盛治萍卻說：「給你天下的財富，卻沒有愛，仍然與你無益。」

「盛先生，你的愛在哪？」

楊念葵大膽取笑盛治萍。

「我的愛在祖國。」

「哦！醜陋的都愛？」

「醜陋的更要愛。」

楊念葵不能苟同這個說法，不過也要接受；時代不同了，愛變得多元，各人用不同的方式表達愛的立場。

此時，盛治萍鄭重說：「我有秘密藏在書房。」

「啊！」

「你仔細檢視自然明白。我會在德國成立一間私人圖書館。」

「既然藏有秘密了，為什麼要公開？」

盛冶萍一笑。

「不知道是秘密，就是秘密。」

楊念葵尷尬，「給你弄胡塗了。」

「你喜歡書，自會慢慢發現，我要你守護的是什麼。」

「這個所謂的秘密——要守護到死？」

「如果沒有事情發生——真希望沒事發生，你會慢慢忘掉的，將之帶入墳墓。」

「如果有事發生呢？」

「你就要將秘密揭露。」

楊念葵並不認為自己辦得到。

「盛先生，你的智慧，相信我一半都不及。」

「唔，也難為你！」盛冶萍沉吟。然後說：「這樣吧，阿葵，如果某一天，日本傳來某些信息和我們相熟的人有關，你就看着辦。」

楊念葵瞪大眼。

——原來秘密跟江明初有關！

「其實，我真不想把你牽扯進來，不過，我沒有人可以拜託。為了保護你，我只好着你自立門戶，也不給你資助，和你撇清關係！」

11

童星回到警署，收到memo。

到深圳作例行訓練。

「奇怪！」童星喃喃。

上一季的訓練好像是最近的事。手上還有不少待處理的案件。

「大件！」大聲叫喚下屬。

「童 Sir？」太健走過來。

「加班啦！去申請加班費。」

太健摸不着頭腦，「為什麼？」

「要趕工呀，上深圳之前。」揚一揚手中的 memo。

「上深圳？」

「喂，你瞓醒未？memo 都收了。」

「我沒有，什麼 memo？」太健問。

一愕。

太健仔細看 memo，小聲說：「童 Sir，我幫你去收料。」

其後，太健回來報料：沒有深圳活動，連去吃海底撈的計劃也沒有。

「怎麼辦？」太健替童星憂慮。童星着太健不要聲張。

「你當冇事發生，如常工作。」

「知道了。」

童星皺眉，推敲。

最後，硬着頭皮去敲門，總警司的門。

哐——哐——

總督察從大桌後面抬起頭，「呀，星展，進來。」

星展，是童星沙展的簡稱。

「這memo到底是怎麼一回事？」直截了當問。

「Memo？」接過來看。「去深圳受訓，有什麼問題？」

「吓！」童星被問到怔住。

總警司再問有什麼問題。

「問題是——」童星想到了，「有誰一齊去？」

「呀！忘記了。」總警司誇張的拍一拍前額。「一個新計劃，特警訓練。」

「特警訓練？」

「是，隨機抽籤，剛剛抽到你。」

童星無言以對。

「你真是幸運兒。」

滿腹疑團的童星只想快快出去。總警司叫住他。

「你把手上的案件交代了才出發。」

「沒有需要吧，只去一星期。」童星說得生硬。

「係就係一星期，但誰說得準？話明係新計劃，就要用新思維來應對。」

童星失魂落魄，一夜無眠。

大清早起來，穿上運動服去跑步。

一口氣跑上九龍仔公園。

吁——吁——

許久沒有跑得那樣暢快。

遠眺下面既熟悉又陌生的景貌。一所中學依山而建。

童星深深吸了一口氣，發一個訊息給居巽圓。

不到十分鐘——

「我回巢要不要我？」

叮——

有了回覆：「虛位以待。我正好全心全意造人計劃。」

童星眼泛淚光。

「呀，造人！」

BB 出世，算是法國人？香港人？中國人？

童星喃喃自語：「管他呢，只要是有良知的好人就足夠。」

第四章　別走，貓神探

1

德國波恩。

每年秋天，楊念葵都會來波恩住上一段日子。報讀德國學術交流協會（DAAD）的短期課程，省覽「德中友好中文圖書館」；或者說，省覽圖書館，順道進修來得貼切。

幾年間，有興趣的短期課程讀得七七八八，圖書館也因應她的建議，增添不少藏書。

陽光明媚，楊念葵在徒步區吃早餐——所有的美食都集中在徒步區中心。貪圖方便，楊念葵不住宿舍，長期預訂 Godesberg 議會廳；六座相連的議會廳建築，其中一座，由德國著名建築師改建成客房，提供給短期房客。

波恩美得使人妒忌。吃着早餐時，楊念葵就想，以後，不如和史賓莎搬過來長住吧。

「噫——」

——忒傻啦，找房子不難，長遠打算？可能嗎？長遠有多遠？

楊念葵放下餐巾站起。要去圖書館了。

——今天，會是忙碌的一天。

圖書館在波恩藝術博物館。白色的現代建築，採開放式大廊柱設計。入口處之後分成左右，左手邊沿寬石階通往各展覽廳，右手邊則是一層式長方形主樓，俟在天井上。楊念葵走上灰沙岩鋪設的天井中庭，經過樹、單車，來到樓底，駐足在寫有德中對照、德中友好中文圖書館的門牌下。

2

楊念葵在不同區域抽出數本書，包括了年報和期刊。

她走往閱讀枱，開燈，取出閱讀眼鏡，開始工作。

這些書，楊念葵看過不下十次。

自從盛冶萍暗示圖書內藏有某個人的秘密，楊念葵便把藏書全都翻看，仔細分析。用功之勤，連考生預備考試都有過之而無不及。

現在，她很嫺熟的翻開一本，揭去一頁——甚至不用從目錄索引頁數——然後放入書籤。

之後是另一本，同樣的動作。

這些書，包括盛氏實業年報，當中有江明初的照片，職位和年份，還有籍貫。

「籍貫……」楊念萍喃喃，「是了，這一本。」

拿起一本書，與江明初籍貫相同的那個地方的年鑑，掀開一頁。

一幅照片。一個公園落成禮，公園叫「片山公園」，照片下方一行小字註明：「本鎮日本友好片山潛先生贈送給我國人民的公園。」把書籤放到此處。

拿起另一本，同樣的動作。

最後一本。

「呀，這一本！」

拿起書本，按到胸前。隔着書本，都能感受到心頭的跳動，久久不能平復。

把書舉到眼前……

「這本記載的事件跟我有關。」

憂傷的眼神。

單是這一項，已經叫江明初無法遁形。

——不知道盛冶萍如何弄到手？

《新加坡出入境條例》。其中一項，說明哪類人會被拒絕入境；其中一類，就是共產黨員。無論此人以任何身分，都不可以入境。海關舉例，某年某月，一名華裔青年，以盛氏實業僱員身分企圖入境，因為是共產黨員而被拒。

「他本來是要接我回港。」

「唉——」

所以，「不知道是秘密的，就是秘密」。明白了！誰又會對這類資料書有興趣？借閱記錄也印證了——過往，這本書一個讀者也沒有。

把書籤放進去。

進行第二個步驟。拿出漿糊剪刀，把標籤住的那些頁，小心的從書本剪下。

第三個步驟，戴上黑手套，把剪出來的部分，按時序貼上白紙上。

直到眼睛感到刺痛……

「吁——」

搥肩背。關燈。捧着書，蹣跚步出。

步去登記處，用德語吩咐：「這一疊書要註銷。」

「知道。」德國婦人點頭。

翌日，楊念葵飛回香港，臨上機前，寄出一封信，收信人是日本內務大臣。

3

童星遞上名片。

楊念葵接過。

「『易偵探社』。很特別的名字。」

「取自《易經》，一間非牟利機構主辦的偵探社。」童星介紹。

楊念葵放下名片。微笑。

一名探員說要來拜訪她，原來已變身為私家偵探。楊念葵覺得很有趣。

「你想我委託貴社？」

童星完全不客氣，立時點頭。

「有兩名疑犯仍然匿藏在暗角。」

——兩名疑犯？

「嗯？」

驚訝！楊念葵還是首次聽聞。

童星解釋：「案件還在調查階段時，警方不能向受害人透露任何細節。」

「然則離開警隊就可以披露？」楊念葵不以為然。

「你誤會了。警方已中止調查。按我們的說法就是 close file。」

「這樣嗎？」

楊念葵皺眉頭，Victoria 的容貌掠過腦海，還有被電單車撞死的孝子。

——他們豈不是枉死！

「現在只能寄望私下的調查。」童星說。

楊念葵打趣問：「做私家偵探報酬高過做警察？」

「很難比較。」童星避重就輕。

「那就不比較。說說你為何加入私家偵探行列。」

「重要嗎？」童星不明所以。

「偵探社是一門生意。你要學習如何經營一門生意。」

「生意？」考起童星了。

「還有，警察局不會結業，偵探社會結業。今天我委託你查案，明天你捲款走人。我如何是好？」

「係喎！」童星表情誇張。

——原來一個人發達是有道理的。

楊念葵倒來個認真，說：「再給你機會説服我，問題如何作答？」

拜訪的旋律一下子轉換了，成了「門徒訓練」！

並不認真的童星問：「我忘了！問什麼？」

「我問你：『為何加入私家偵探的行列？』」

「啊！是的。」童星食指輕拍嘴巴，為了生意，開動思維。

「呀，知道了。」童星清清喉嚨：「不是加入，是歸隊，從少年開始，我就在『易』接受訓練，不但學查案，也學做人。最近，社長結婚，她認為也是時候交棒了。」

「原來如此！『學做人』這一項很奇怪呢！」

童星解釋：「偵探社是非牟利機構設立的，要合乎使命，要定立目標，例如，要報呈每年訓練了多少青年人。」

楊念葵很感興趣。

「你的社長想你做接班人？」

「差太遠囉！」童星打哈哈，其後收起笑臉說：「我想爭取。」

「領導的責任重大，你的社長持謹慎態度是對的。」

「楊小姐，如果你可以幫我一把……」

童星打蛇隨棍上。

「唔！」

楊念葵打量童星，繼而說：「兩名疑犯……由他們去吧！」

童星愕然。

「任由他們很危險，你分分鐘遇害。」

「如果有危險，我需要的是保鑣而不是偵探。」

「這——」童星無言。

楊念葵再看名片：童星，一組偵辦主任。

「童主任，我不危險，危險的時刻已經過了。」

「已經過了？」

——眼前的富豪哪來的膽量？有錢人不都怕死嗎？

「聽清楚了，我說『我』的危險已經過了，不代表整件事情完結了，甚而說是剛剛開始也無不可。」

童星明白了！

「原來你知悉來龍去脈。」

「睹猜吧！」

「我都係估估吓。」

童星並沒有透露來自某方面的重大壓力。

「不過，既然你説得偵探社那麼有意義，我倒想起有事委託，也想幫『易偵探社』。我會給你們一筆錢。」

「真的？」

童星喜出望外。

「委託任務不輕，你要走的路甚長，要有毅力。」

「楊小姐提携提携！」童星厚着臉説。

「但願我有時間。」

一臉的悲傷。然後把委託的事情説了。

「你起草一個合約給我過目。」

「使得。」

童星起身告辭。

「喵——」

一隻漂亮的貓走過來，繞着楊念葵雙腿轉。

「可愛的貓啊！」童星讚賞。

「可愛嗎？可千萬不要惹怒她。」

「是女孩？」

「是惡婆。」

本來想去摸貓咪的童星，立刻縮手。

「叫什麼名字？」

「名字？」楊念葵笑得燦爛。

「Inspector。我硬是叫她史賓莎，她老大不高興。也是時候糾正過來了。」

4

日本《讀賣新聞》

標題：**財務大臣三木竹二宣佈退出競選下屆首相**

內容：

被視為下一屆內定接任首相的三木竹二，突然宣佈不會競選首相，由於事出突然，引來外界的揣測。據三木竹二的新聞處發表消息指，三木竹二目下要專心處理家庭事宜，難以兼顧內閣事務。

報道震驚朝野，各種媒體紛紛追蹤事件始末和真相。《日經新聞》發現，自從三月報道三木志茂小姐與片山潛共賞櫻花後，三木家便在媒體上消失，無論是三木竹二本人，抑或家族其他成員，再沒有公開露面。最近一次發表的內閣成員合照，理應坐在首相左手邊的三木竹二不見蹤影，令人不禁懷疑，三木竹二不但不會競逐首相，甚至離開內閣。

亦有消息指，三木竹二的政治生涯，是受未來女婿片山潛拖累。有不願意透露消息的內務省官員指，內務省曾收過一封寄自德國波恩的掛號信，內容不得而知，卻被指與片山潛有關。

其實，自從傳出三木志茂與片山潛交往的消息後，外界都議論紛紛，因為片山潛十分低調，身分神秘。經傳媒多方查證，竟然發現片山潛擁有的資產龐大，遍及全球。從德國寄來的信件，極有可能引發這次的退選事件。

又有未經證實的消息報道，事件為內閣帶來極大麻煩。片山潛捐贈了巨款給日本籌辦奧運，如果婚事告吹，片山潛警告說，會讓事件繼續發酵。

只怕三木竹二退出政圈亦不能讓事件平息，而民眾更關心的是三木志茂小姐的健康問題。

5

童星向居巽圓報告：楊小姐很滿意我們的服務。

《讀賣新聞》的消息，是「易」翻譯好交給楊念葵的。

「即是說，可以和我們簽約了？」

「應該是。」

童星又問：「巽圓姐，這是不是『易』開業以來最大一筆生意？」

「也是年期最長的一筆生意。不過——」在屏幕上笑逐顏開的居巽圓說：「有點超出偵探社的作業範圍呢。」

合約為期二十年，主要內容包括：一、監視叫做片山潛的江明初；二、追蹤林漢泉母親的醫療狀況及其後安排，並支付一切費用。而第三項最抽象了，就是不時評估第一項的情況，作出戰略性的偵辦。

居巽圓問：「阿星，你真的應付得來？」

「五十五十，不過我喜歡。」

「而我最喜歡的一項，是投放資源培訓青少年。」

「巽圓姐，『易』所有同事會全力支持你。」

「我當然不會懷疑自己的能力，不過也得看我造人的進展。」

「巽圓姐預備生幾個？」

居巽圓數手指。

童星立刻說：「咁我唔阻你啦！」

正想說再見，居巽圓說：「阿星，我下次回港，想去拜會楊小姐，你安排一下。」

「這個有困難。」

「為什麼？」

「楊小姐說，簽約之後不要再見。」

「奇怪，那麼如何履行合約？」

「全部書面報告，以實體絕密檔案方式，寄去德國波恩的私人圖書館。」

聽罷，居巽圓有不祥的預感，背脊發麻。

6

看不見，什麼都看不見
只是一直在哭泣
但並不是因為悲傷
而是遇到溫暖的你　觸碰
因而感到十分快樂

啊

不要走，不要走
不要走，不要走
永遠永遠都不要離開我
啊
不要走，不要走

不要走，不要走
請留在這吧

曾幾何時
我的心已經飄到遙遠的某處
當一切都成了回憶
還不如別去了解
別去了解
啊
且留步，不要走，不要走
無論何時都不要離開我
啊

不要走，不要走
不要走，不要走

就留在這，暫且留步
啊
永遠都別說要走
就留在這吧

「Inspector，你可記得，這是什麼歌？」
（你喜歡叫什麼歌就什麼歌。）
「你最喜歡哪一句？」
（唉，我識欣賞就唔係貓。）

「我最喜歡，『我的心已經飄到遙遠的某處』。」

説畢，楊念葵拿起一杯水，服下一粒安眠藥。

「Inspector，我們入房再談。」

楊念葵起身，Inspector 尾隨。

楊念葵換了一件藏青色的連身裙，躺下。

「Inspector，上來，最後一次幫我按摩吧！」

Inspector 跳上牀，在楊念葵身上來回走動。

「江明初夠傻了，何必大費周章？只要他吩咐，我是會配合的。」楊念葵輕聲説。

（配合他殺人？你真是有眼無珠！）

楊念葵笑：「Inspector，我要向你道歉。」

（不要道歉，一定不是好事。）

「是好事，你殺了我吧，行行好。」

（殺你？）

「要死，不如死在你手上。死在你手上我才幸福。」

（我要做什麼？）

「待會我放一個咕啞在臉上，你坐上來，一直坐着就好。一直，讓我窒息而死。」

（唉！）

「Inspector，對不起，極有可能，你會遭人道毀滅。」

楊念葵拿起咕啞放到臉上，Inspector 慢慢踏上去，轉身，坐下。

咕啞下面，但聽得微弱的聲音——

「再見，再見。」

「喵——喵——」

阿谷推理小說 系列

撕票

擁有多年歷史的老當舖，在那高大的「押」字木牌後，深藏了多少人生百態？有誰會聯想到，老當舖竟涉及罪案，甚至是命案？

貓之疑惑

一筆神秘遺產，令幾個互不相識的人來到雲南芒市。在怒江的滾滾江濤旁邊，懸疑、怪事迭生，神探居巽圓與周閏發如何偵破奇案？破案的關鍵，竟是一隻貓……

以眼還眼

一個神秘組織，一個推理小說作家，一個專處方奇怪藥方的醫生，加上兩宗兇殺案、三個疑兇和三位別具一格的幹探，匯聚成一個波譎雲詭、引人入勝的推理故事。

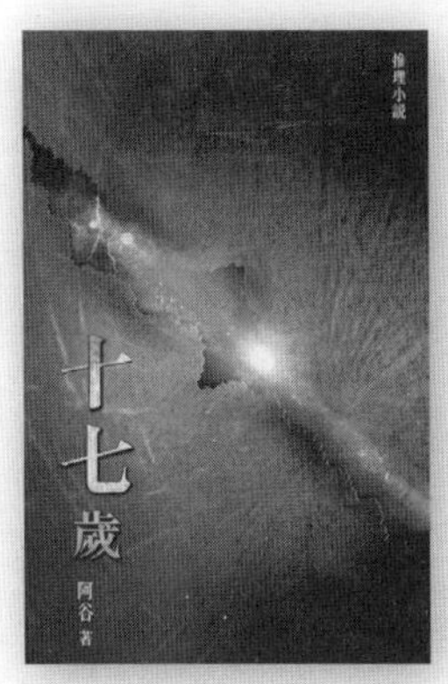

十七歲

十七歲生日前夕，他收到一份意想不到的生日禮物，更意想不到的，是隨後的孤身逃亡、到處匿藏，更要遠赴神秘之地尋找身世之謎。一隻有靈性的貓、一個神勇偵探，如何助他揭開一個又一個謎團？

盛宴

華麗的巴洛克油畫展未能畫上完美句號，七隻偷雞不愛雞飼愛名畫，五十秒盜取《伯沙撒盛宴》。「易」偵探社的神探居巽圓、周閏發，如何聯同短毛貓巡警 Shorthair 偵破奇案，還受害人公道？

貓與影

發生在已列為古蹟的影城的命案，一隻貓竟是破案關鍵，到底這「貓證人」如何幫助警方破案？三個鍥而不捨追查懸案的英勇幹探，加上兩個在片場工作的好奇女子，如何偵破時間相距二十年卻又互相關連的兩樁奇案？